STRICHNUTTE

ZWISCHEN ANGST UND GEWALT

CARSTEN BURKHARDT

Impressum:

Bibliografische Information der Deutschen Nationalbibliothek. Die Deutsche Nationalbibliothek verzeich-
net diese Publikation in der Deutschen Nationalbiblio-
grafie; detaillierte bibliografische Daten sind im Internet über http://dnb.d-nb.de abrufbar.

Veröffentlicht über Tredition
Januar 2024
1. Auflage
Alle Rechte vorbehalten
Copyright © 2024 Carsten Burkhardt
Texte: © Copyright by Carsten Burkhardt
Lektorat: Asmodeus Lektorat
Druck: Tredition
Coverdesign: Valmont Coverdesign
Bildmaterial: Canva, Pixabay, Midjourney
Layout: V.Valmont

Carsten Burkhardt
Mittelheide 23
49124 Georgsmarienhütte
Deutschland

INHALTSVERZEICHNIS

Kapitel 1: Der Anfang

Kapitel 2: Mutter warum liebst du mich nicht?

Kapitel 3: Simone, bist du wirklich meine Freundin?

Kapitel 4: Ralf der Zuhälter

Kapitel 5: Ein Gentleman hilft

Kapitel 6: Dinner mit Boris

Kapitel 7: Das wiedersehen

Kapitel:8: Der Tag der Entlassung

Kapitel 9: Das Unheil wird kommen

KAPITEL 1

DER ANFANG

Es ist kalt, so unglaublich kalt. Cindy schaut verträumt zu Boden. Ein Auto hält an, die Räder tauchen plötzlich in ihrem Blickfeld auf. Leicht erschrocken hebt sie ihren Blick von der Straße zu dem Fahrzeug. Ein Mann, welcher vom Alter ihr Opa sein könnte, lässt das Beifahrerfenster herunter.

„Was kostest du für eine Stunde?"

Cindy geht zwei Schritte auf das offene Autofenster zu, auch wenn alles in ihr am liebsten flüchten würde. Doch ist es leider ihre einzige Möglichkeit Geld zu verdienen.

So gerne würde sie schreien: „Fick dich selbst, du perverses Schwein!" Doch aus ihrem Mund kommen nur die Worte: „150 Euro."

Der alte Mann fordert sie mit einer Handbewegung dazu auf einzusteigen. Cindy folgt der Anweisung, die einem Hundebefehl gleicht.

In ihren hohen schwarzen Lederstiefeln, ihrem engen Minirock, der ebenfalls aus Leder ist, und dem viel zu kurzen Oberteil, sitzt Cindy, wie sie zu sagen pflegt, in der Falle. Sie fühlt sich unwohl, doch kann sie jetzt nicht mehr flüchten.

„Wie alt bist du?", sind, nach der Preisfrage, die ersten Worte, die er an sie richtet.

„18."

Spöttisch lacht er: „Niemals! Du bist jünger, aber keine Panik. Das gefällt mir."

Cindy hat noch zwei Wochen vor sich, dann ist sie endlich volljährig und muss sich auf dem Strich nicht immer vor der Polizei verstecken. So oft ist sie umsonst mit dem Bus dorthin gefahren und musste sofort wieder umkehren. An manchen Abenden fährt die Polizei im Fünf-Minuten-Takt den Strich rauf und runter. Diese Patrouillen verscheuchen sehr viele Kunden.

Der Freier legt seine Hand auf ihre noch recht kleinen Brüste.

„Die sind schön straff. Wir beide haben heute unseren Spaß miteinander. Ich liebe es, wenn die Titten noch so kindlich sind."

Diese Worte lassen Cindys Ekel ihm gegenüber noch größer werden. Er packt nun mit Gewalt zu und quetscht ihre Brust. Cindy verzieht ihr Gesicht vor Schmerz.

„Aua, nicht so fest!", fordert sie ihn auf, doch dem Freier scheint es egal zu sein, dass er ihr Schmerzen zufügt. Unbeirrt knetet er weiter. Währenddessen fährt er mit ihr auf einen

Parkplatz, weit entfernt hinter einem Laden, der die Sicht auf sein Auto von der Straße aus versperrt.

„Los, zieh dich komplett aus, ich will alles von dir und Zeit ist Geld, also beeile dich du dreckige Hure!"

Cindy kann diese Erniedrigungen und Beleidigungen nicht mehr hören. Trotzdem streift sie die enge Kleidung von ihrem schlanken Körper ab. Während sie sich auszieht, sieht sie wie der Freier ihren Körper angafft.

„Wenn ich deine junge Fotze fotografieren möchte, was willst du dann extra haben?"

„Ich möchte nicht fotografiert werden!", antwortet sie so selbstbewusst wie möglich.

Sofort packt er Cindys Haare und reißt ihren Kopf zu sich. Er führt seinen Mund nahe an ihr Ohr. Sie riecht seinen sauren Mundgeruch und dreht den Kopf zur Seite.

„Dein Körper ist Handelsware und du bist ein Stück Dreck, welches ich gemietet habe, also besitze ich dich für diese Zeit. Ich frage aus Höflichkeit, also nimm das Angebot an!"

Cindy weiß, dass sie nur aus der Situation kommt, wenn sie ja sagt.

„50 Euro und du darfst meine Muschi fotografieren."

„Du meinst deine dreckige Teen-Fotze, aber ich wusste, du wirst verstehen, dass ich dein Meister bin und sage was getan wird."

Cindy vermag es gar nicht mehr ihn direkt anzuschauen. Zu sauer ist sie über seine Art und seine Worte.

Er packt seine Kamera aus und Cindy muss sich breitbeinig aus dem Beifahrersitz positionieren. Ein Bild nach dem anderen knipst er. Dabei muss Cindy ihre Füße in sein Gesicht halten. Sie sieht schon wie steif sein Schwanz wird, denn die Hose hat er bereits zu Boden sinken lassen.

Nur eine irgendwann mal weiß gewesene Unterhose, die mittlerweile einen schmutzigen Gelbton angenommen hatte, ist noch übrig. Bei dem Anblick wird ihr schlecht.

Der Widerling fordert Cindy jetzt dazu auf, sich seinem Schwanz zu widmen. Er lehnt sich in seinem Sitz zurück und Cindy beugt sich über sein Becken. Angeekelt zieht sie ihm seine Unterhose aus und schmeißt diese auf den Rücksitz.

Ein widerlicher Geruch steigt zwischen seinen Beinen hervor. Ihr wird ganz komisch, doch versucht sie sich zusammenzureißen. Egal wie sehr sie sich bemüht, der widerwertig saure Geruch lässt sie immer wieder würgen.

Sie holt ein Kondom aus ihrer Tasche und streift es über seine Eichel.

Gerade als sie es abrollen will, schlägt der Freier ihr das Gummi aus der Hand.

„Du lutschst ihn ohne!", brüllt er sie an. „Nein, das mache ich nicht! Wenn Sie so weiter machen, hole ich meinen Zuhälter!"

„Ach Blödsinn, du Hure hast keinen, deswegen habe ich dich ausgesucht. Wenn du einen hättest, wäre schon lange einer hier."

Er packt seinen steifen stinkenden Schwanz und drückt ihn fest gegen ihre Lippen. Dabei hält er ihre Haare fest mit seiner anderen Hand und sie kann sich nicht befreien. Der Druck ist zu stark, sodass sie den Mund nicht mehr zuhalten kann und sein Glied den Weg in ihren Mund findet. Gegen ihren Willen schiebt er seinen übelriechenden Schaft in ihre Mundhöhle. Der Geschmack, der sich in ihrem Mund ausbreitet, ist widerwertig. Voller Verachtung sieht sie ihn an.

„Auch wirst du mich nicht anzeigen, weil du das hier gar nicht anbieten darfst. Keine Bange, ich erpresse dich nicht, du bekommst dein Geld. Aber du machst, was ich will."

Hämisch lacht er sie aus. Cindy lässt ihren Blick sinken. Er beginnt ihren Mund zu ficken. Immer wieder drückt er sie, ihre Haare fest im Griff, auf und ab. Ohne Widerstand lässt sie sich wie eine Puppe benutzen, doch hofft sie, dass es bald vorbei ist.

Sein Intimbereich ist stark behaart, schmierig und ungewaschen. Der Geruch steigt ihr wieder in die Nase und ihr Magen dreht sich um. Sie muss ständig würgen. Ohne sich davon stören zu lassen, stößt er ihr seinen Schwanz noch tiefer in den Hals. Cindy kommt schon ein wenig ihres Mageninhalts hoch, aber auch das stört ihn nicht. Er fickt ihren Mund einfach brutal weiter. Dabei hört sie sein dreckiges Lachen, während er ihren Mund gegen ihren Willen schändet. Cindy steht die orale Tortur durch und er zieht ihn aus ihrem Mund. Sie hustet und würgt noch immer. Er fordert sie auf, sich für den Fick von hinten bereitzumachen.

„Jetzt darfst du mir das Kondom über meinen Schwanz ziehen, ich will mir ja kein Aids von so einer Hure, wie du es bist, holen. Ich will gar nicht wissen was du Mensch niedrigster Klasse alles für Krankheiten hast!"

Cindy hasst ihn und sie hasst sich selbst in diesen Momenten. Sie zieht ihm das Gummi über und geht für die nächste Erniedrigung vor ihm auf alle Viere.

„Braves Mädchen, du weißt wo dein Platz ist."

Erneut ist das dreckige Lachen zu hören, bevor er ihr seinen Pimmel in ihr enges Loch rammt.

Er fickt sie so hart er kann und ihr Körper wird bei jedem Stoß nach vorn gedrückt.

So fest, dass sie sich an dem Sitz festkrallen muss, um nicht jedes Mal mit dem Kopf gegen die Tür zu knallen. Schweißtropfen fallen von seinem Gesicht auf ihren nackten Rücken. Die Tropfen lösen bei ihr ein Gefühl aus, als ätzten sie sich tief in ihre Haut hinein. Tränen laufen während dieser Schändung über ihr jugendliches Gesicht. Ihr Selbsthass und die Demütigungen sind kaum noch auszuhalten. Während er sie penetriert, muss sie sich anhören, wie glücklich sie sich schätzen kann, dass er sich zu dieser Tat herablässt. Es sei eine Ehre, dass er sie ficke und sie solle dankbarer sein. Wie gern er sie ganz kaufen würde. Ihm zu gehören wäre für ihr armseliges Leben eine Bereicherung. Endlich entfährt ihm, das so von Cindy erwartete, Aufstöhnen. Er kommt in ihr. Sie bewegt ihren Körper ein Stück nach vorn und sorgt so dafür, dass sein Schwanz aus ihr herausrutscht. Ein Blick auf seinen Penis zeigt ihr, dass das Kondom seine Arbeit gemacht hat.

„Nun geben Sie mir bitte mein Geld und ich gehe von hier aus zu Fuß.

Er zieht sich an und schmeißt ihr 150 Euro auf den Schoß.

„Los, nimm dein Hurengeld und verpiss dich, du dreckiges Stück Abfall. Wegen dir muss ich mein ganzes Auto reinigen lassen!"

„Da fehlen 50 Euro für die Bilder!"

Er schlägt ihr mit seiner flachen Hand ins Gesicht. Von der Wucht fliegt sie gegen die Armatur seines Autos. Sie schreit vor Schmerz auf. Hastig steigt er aus, öffnet die Beifahrertür und reißt sie aus dem Wagen. Cindy fliegt fast nackt auf den harten Parkplatzboden und schreit vor Schmerzen.

Der Freier spuckt ihr ins Gesicht, steigt in sein Auto und fährt davon. Cindy liegt zusammengekauert, weinend am Boden, schreit und weint in die Nacht hinein. Nach mehreren Minuten rappelt sie sich langsam wieder auf und sammelt ihre Kleidung vom Boden auf.

„Bin ich Abfall, wie er es sagt?"

Sie muss wieder an den sauren Geruch und den ekelhaften Geschmack von seinem dreckigen Schwanz denken. Sogar seinen Eichelkäse musste sie auflutschen. Sie kann es in dem Moment nicht mehr halten und der Würgereiz wird zu stark. Sie übergibt sich.

Viel kommt nicht heraus, weil sie schon seit vielen Stunden nichts gegessen hat, aber die pure Galle will nach dem Erlebnis auch nicht mehr in ihr bleiben.

„Warum sind die Menschen so widerlich?"

So oft hat sie sich diese Frage schon selbst gestellt, doch eine Antwort hat sie auch dieses Mal nicht parat.

Das Erste, was ihr in den Sinn kommt - der Geschmack muss weg. Sie nimmt ihre Handtasche und sucht eine Flasche Wasser, wühlt hektisch ihre Sachen durch. Endlich findet sie die Flasche und spült ihren Mund durch, ohne das Wasser runterzuschlucken. Erst als der Geschmack weg ist, trinkt sie den Rest der Flasche in einem Zug aus.

„Kaugummi, irgendwo habe ich doch noch eine Packung."

Sie sucht und kramt ihre Tasche nochmal durch.

„Ah da, gefunden."

Erst als sie vier Stück im Mund hat und der Geschmack der Minze den widerlichen Schwanzgeschmack überdeckt, wird ihr Würgereiz gelindert. Cindy will mit so einem scheiß Erlebnis den Abend nicht beenden. Also stellt sie sich wieder an ihren Platz auf dem Strich im Gewerbegebiet. Sie ist eine junge, sehr schöne Erscheinung, daher sind gerade mal fünf Minuten vergangen und ein Bulli hält direkt vor ihr an.

„Hallo schöne Frau, ich wäre der glücklichste Mann auf Erden, wenn du mir ein bisschen Gesellschaft leisten könntest."

Cindy wirft einen Blick in den Wagen und sieht einen attraktiven Mann Mitte Vierzig, welcher sie freundlich anlächelt.

„Möchtest du nicht erst den Preis wissen?"

Er schüttelt seinen Kopf.

„Du wirst es schon wert sein, komm setz dich zu mir, kennst du einen Platz wo wir ungestört sind?"

Cindy öffnet die Beifahrertür von dem Bulli und er hält ihr seine Hand entgegen. Sie nimmt sie an und schüttelt sie.

„Ich bin Tom und wie darf ich dich nennen?"

„Cindy."

Er zeigt auf den Sitz und Cindy steigt ein. Er startet den Motor.

Eigentlich ist das der Moment wo bei Cindy das beklemmende Gefühl einsetzt, gefangen zu sein.

Dieses Mal ist es nicht so.

Sie zeigt dem Mann den Weg und er folgt ihren Wegbeschreibungen auf eine Waldlichtung.

„Wir können nach hinten, dort habe ich eine Matratze ausgelegt."

Gesagt getan, beide gehen nach hinten in den Bulli.

„Ich möchte nur deinen Po lecken. Setz dich einfach auf mein Gesicht und hol mir einen runter, nicht mehr nicht weniger."

Cindy findet das zwar total krank, ist aber schon zufrieden, dass er freundlich ist. Also zieht sie ihre Hose und ihren Tanga aus und nimmt auf seinem Gesicht die Stellung ein, sodass er mit seinem Mund ihren Arsch auslecken kann.

Unweigerlich muss sie daran denken, ob ihr Po noch sauber genug ist. Aber dann muss sie grinsen, weil ihr der Gedanke durch den Kopf geht: „Spätestens hier nach ist er sauber."

Er fängt an zu lecken und versucht seine Zungenspitze so weit wie möglich in ihr Loch zu drücken. Sie öffnet seine Hose und streift sie ein Stück hinab. Er hebt sein Becken, um Cindy die Arbeit zu erleichtern. Nur noch seine Unterhose fehlt.

„Oh Mann, was ist das?"

Das hat sie zwar nicht laut gesagt, aber gedacht. Zum Vorschein ist ein total kleiner Pimmel gekommen, aber so klein, dass sie nur Zeigefinger und Daumen braucht, um ihm einen runterzuholen.

„Ist es gut so wie ich es mache?", fragt sie ihren Freier. Sie muss sich sehr zusammenreißen.

„Ja, mach weiter so, kannst du jetzt spontan für mich furzen?"

Cindy denkt, sie hat sich verhört und antwortet: „Nein, keine Angst, sowas passiert mir nicht."

„Bist du blöd, ich sagte, ob du jetzt furzen kannst, los, lass es raus."

„Oh man, das will der wirklich?"

Sie fühlt sich nicht wohl dabei, aber sie versucht es.

Er zieht ihre Pobacken auseinander und während sie versucht zu drücken, kommt ihr ein Gedanke.

„Was, wenn da mehr rauskommt?"

In so einer Situation hat sie sich noch nie befunden.

„Wollen Sie das wirklich? Mir ist das total unangenehm!"

„Ja verdammt, mach es jetzt!"

Er wird immer ungehaltener. Cindy schafft es und sie furzt ihm ins Gesicht. Sie hört wie er alles versucht in sich hin einzuatmen.

„Gott ist der krank."

Er findet den Geruch so geil, dass sein kleiner Schwanz in dem Moment abspritzt. Im Vergleich zu der Größe des Pimmels, kommen Unmengen von Sperma raus und so hat Cindy die Hand komplett voll von seinem Samen.

„Kann ich mein Geld jetzt bekommen?"

Er schaut sie an und packt sie am Kragen, dann zieht er sie zu sich und sagt in einem sehr ernsten Tonfall: „Wenn du das irgendjemanden erzählst, bist du dran, haben wir uns da verstanden?"

„Ja, natürlich erzähle ich das niemanden.“

Er lässt sie los und überreicht ihr das Geld. Er fährt sie zu dem Platz, wo er sie eingesammelt hat zurück. Sie steigt aus dem Bulli aus und geht ohne ein Wort in Richtung Bushaltestelle.

Seine Verabschiedung hat sie nicht erwidert und so fährt der Mann mit dem Bulli an ihr vorbei. Sie hebt ihren Blick kurz vom Straßenboden. Er zeigt ihr den Mittelfinger und fährt davon.

„Krank, einfach nur krank. Die Menschheit sollte einfach komplett in die Psychiatrie eingewiesen werden.“

KAPITEL 2

WARUM LIEBST DU MICH NICHT?

„Komm endlich her und schaff 'ne Flasche Bier ran!", schreit es durch die Zweizimmerwohnung.

Cindy zittert am ganzen Körper. „Ich dachte sie schläft noch?" Das geht ihr als erster Gedanke durch den Kopf. Also steht die Vierzehnjährige auf und folgt den gebrüllten Anweisungen ihrer Mutter. Widerwillig trottet sie in die Küche. Aufgestapelte volle Müllsäcke liegen herum und auch das benutzte schmutzige Geschirr stapelt sich auf der Spüle immer höher. Schimmel hat sich schon auf fast jedem ungewaschenen Teller breit gemacht. Cindy hat bis zum letzten Tag, wo es noch Wasser gab, den Abwasch und die Wäsche sauber gehalten. Vor fünf Tagen haben die Stadtwerke das Wasser abgestellt. Ihre Mutter hat, wie so oft, das Geld versoffen. Cindy hat mit aller Macht versucht, die Stadtwerke zu überreden, das Wasser wieder anzustellen, aber die Zuständigen wollen mit ihrer Mutter sprechen. Diese ist dazu sehr selten in der Lage. Sie nimmt eine der übrigen Bierflaschen aus der Kiste.

Wie so oft steht Cindy, mit der Türklinke in der einen und der Bierflasche in der anderen Hand, vor der Wohnzimmertür. Wieder macht sich Verzweiflung in ihr breit. Diese Wut, die täglich stärker wird, diese unbändige Wut auf ihr Leben, welches sie durchmachen muss und diese Abgründe durch ihre eigene Mutter.

Sie hält bei den Gedanken die Türklinke so stark mit ihrer Hand umschlossen, dass ihre Fingerknöchel weiß werden und die Gelenke ihrer Finger schon knacken. Nun endlich findet sie die Kraft und den Mut, die Klinke runterzudrücken und vorsichtig die Tür zum Wohnzimmer zu öffnen.

„Komm endlich her, ich habe Brand du lahmarschige Kuh. Du bist zu nichts zu gebrauchen. Nutzlos, einfach nur nutzlos!"

Sie sieht ihre Mutter auf dem Sofa liegen, wo diese auch die Nacht verbringt. Manch einer könnte jetzt denken, eine gute Mutter, weil sie ihrer Tochter das einzige Schlafzimmer überlässt und diese dadurch Privatsphäre hat.

Leider sind die Gründe andere und auch mit viel weniger Heldentum einer Mutter gegenüber ihrem Kind versehen. Es liegt einzig und allein daran, dass ihre Mutter den Fernseher nur im Wohnzimmer anschließen kann und dieser Tag und Nacht laufen muss. Cindy steigt ein beißender Geruch in die Nase.

„Mama, was hast du wieder getan?"

Mit diesen Worten zieht Cindy die Decke vom Körper ihrer Mutter. Zum Vorschein kommt eine komplett vollgepisste Hose.

„Lass mich in Ruhe!"

Sofort reißt sie Cindy die Decke aus der Hand und deckt ihren geschundenen Körper wieder zu.

„Du verdammte Hure bist sowieso an allem schuld. Du bist ein Unfall, ein Unfall!", schreit ihre Mutter ihr ins Gesicht.

Sie ist es gewohnt und reagiert so gut wie gar nicht mehr auf diese Worte. Einzig und allein rollt ihr eine Träne die Wange hinab. Diese fällt zu Boden, welcher mit einem Teppich bekleidet ist, der nur noch aus Flecken und Brandlöchern besteht.

Immer wenn ihre Mutter sich eine Zigarette anzündet und dabei zu besoffen ist, fällt sie ihr noch brennend runter und beschädigt sowohl Boden, als auch den Teppich.

„Mama, du kannst nicht in deiner eigenen Pisse hier liegen!"

„Wieso nicht? Ist doch meine, oder soll ich in der Pisse von anderen hier liegen? Das hättest du wohl gern!"

Cindy versucht es erneut und zieht ihrer Mutter die Decke weg.

„Mama, komm, ich bringe dich ins Badezimmer, wir haben zwar kein Wasser, aber du kannst dich umziehen."

„Warum haben wir kein Wasser, hast du wieder scheiße gebaut du dreckige Fotze?"

Cindy packt ihre Mutter unter den Armen und bringt sie stützend ins Badezimmer, ohne auf die Beleidigungen einzugehen.

Dort wechselt sie ihr die Hose. Mit einer Flasche Wasser, welche Cindy von ihrem Nachbarn erbettelt hat, befeuchtet sie einen Waschlappen und reinigt ihr das Gesicht. Ihre Mutter schläft währenddessen wieder ein. Sie sitzt auf dem Klo und Cindy putzt ihr das Gesicht ab. Plötzlich steigt diese unbändige Wut in ihr auf.

„Wie gerne würde ich dich einfach erwürgen! Du bist keine Mutter, du bist eine Last, schon immer warst du eine Last für mich. Du müsstest dich um mich kümmern und nicht ich um dich!"

Mit grober Gewalt packt sie ihre Mutter an den Schultern und schüttelt Sie wach.

„Wach endlich auf, ich schleppe dich nicht mehr ins Wohnzimmer, von mir aus bleib hier sitzen und verrecke."

Cindy dreht sich mit diesen Worten von ihrer Mutter weg, aber schon nach zwei Schritten

Entfernung zu ihr, hört sie ein lautes rumpeln und einen Körper welcher auf den Fliesen aufklatscht.

Ihre Mutter liegt jammernd am Boden, eine Pfütze mit Blut bildet sich um den Kopf herum. Sie schreit unaufhörlich

„Sie bringt mich um, sie will mich töten! HII-IILLLFFFEE!!!

„Mutter, was machst du?!"

Cindy kniet sich zu ihr hinab und hält ihren Kopf. Sie sieht eine aufklaffende Wunde am hinteren Teil des Kopfes. Sie rennt zum Telefon und ruft die 112. Nach zehn Minuten klingelt es schon an der Tür und zwei Sanitäter kommen in die Wohnung. Cindy verspürt sofort ein Gefühl von Scham, als die beiden den Zustand der Wohnung sehen. Doch scheinen die beiden sich dafür nicht zu interessieren.

„Wo ist die Verletzte?", fragt einer der beiden.

„Sie ist im Badezimmer, da vorne!"

Cindy zeigt auf einen Raum. Die beiden gehen zu der Tür und holen gemeinsam die Frau aus dem Badezimmer. Einer der beiden geht wieder in den Hausflur die Treppen hinab, um etwas zu holen. Der andere verbindet den Kopf ihrer Mutter.

„Sie ist schuld!", schreit sie und zeigt auf Cindy, „sie hat mir das angetan, sie hat mich mit

Gewalt ins Badezimmer geschliffen und mich dort vom Klo geschubst, sie will mich umbringen, sie gehört ins Heim!"

Cindy packt durch die Worte ihrer Mutter eine Angst, welche sie noch nie verspürt hat. Der Sanitäter schaut Cindy an, aber er schaut nicht verurteilend, sondern mit Mitleid im Blick.

„Kommst du alleine klar? Oder sollen wir jemanden anrufen?"

Cindy schüttelt ihren Kopf.

„Nein Sie brauchen keinen anrufen, ich komme klar."

„Wie alt bist du?", will der Sanitäter von Cindy wissen.

„Ich bin 14 Jahre alt."

„Dann müssen wir leider das Jugendamt verständigen, aber keine Bange, schlimmer kann es nicht werden, die wollen nur helfen."

Sabine, die Mutter von Cindy, fasst dem Sanitäter zwischen die Beine. Sie hält seinen Schwanz mitsamt Hoden in ihrer Hand.

„Kümmern Sie sich um mich und nicht um meine Tochter, die Hure, oder willst du sie ficken? Gib mir dreißig Euro und du kannst dich an ihr vergnügen."

Der Sanitäter schiebt Sabines Hand weg.

„Sie sollten sich schämen, so über Ihre Tochter zu reden, sie ist ein Kind und sie benehmen sich wie eine – ach, ich kann es gar nicht in Worte fassen, wie widerwertig ich ihr Verhalten finde."

Cindy steht vor den beiden und kann es nicht glauben - er setzt sich für sie ein. Das hat noch nie jemand für sie getan. „Wir bringen deine Mutter ins Krankenhaus und von da geht's wohl für sie auf die psychiatrische Suchtstation für einige Wochen. Danach kommen wir zu dir und bringen das Jugendamt mit, damit du versorgt wirst."

„Warum kommt ihr zusammen mit dem Jugendamt nochmal wieder?", möchte Cindy wissen.

„Weil ich wissen möchte, dass es dir gut geht!"

Sie wird ganz rot im Gesicht, ihr Herz schlägt viel lauter und stärker in ihrer Brust, als sie es jemals zuvor gespürt hat. Sie ist schlagartig in ihn verliebt. Die Sanitäter sind gerade mit ihrer Mutter aus der Tür heraus, da läuft Cindy in ihr Zimmer und packt zwei Taschen mit ihren Sachen zusammen. Auch schminkt sie sich mit der Schminke ihrer Mutter. Sie zieht ihr einziges Kleid an, welches sie besitzt.

Ihre Mutter war gezwungen es zu kaufen, weil ihr Bruder darauf bestanden hat, dass Cindy bei seiner Hochzeit ein Blumenkind sein soll, daraufhin hat ihre Mutter ein Kleid gefunden, das nur 20 Euro gekostet hatte. Sie wollte es nach der Hochzeit zurückbringen, um das Geld wiederzubekommen, aber es war während der Hochzeit ein Fleck darauf gekommen und so konnte Cindy es behalten. Ihre Mutter hatte ihr dafür dreimal ins Gesicht geschlagen. Einmal dafür, dass sie es kaufen musste, einmal für das verschwendete Geld und einmal für den Fleck. Doch Cindy hat es unter Schmerzen ertragen. Ihr war das Kleid sehr wichtig. Es ist mittlerweile schon ein wenig eng und der Reißverschluss geht kaum am Rücken zu, aber Cindy zieht es trotzdem an. Mit den zwei Taschen und dem Kleid sitzt sie im Flur und wartet auf das Jugendamt und den Sanitäter. Sie malt sich in ihren Gedanken eine Beziehung mit ihm aus.

Eine Ehe, ein Haus und Kinder mit ihm. Wie sie ihren gemeinsamen Kindern erzählt, dass er sie gerettet hat und er ihr Held ist. Eine Stunde vergeht und dann auch die zweite, aber keiner kommt. Cindy geht auf den Flur und drückt die Klingel, um zu schauen, ob sie funktioniert. Alles funktioniert, aber trotzdem kommt auch nach drei Stunden keiner. Cindy sitzt, mit ihrem Kopf zischen den Knien immer bedrückter auf dem Boden des Flures. Langsam verliert sie die Hoffnung, dass er wieder zu ihr zurückkommt. Als auch die fünfte Stunde vergeht, entschließt sie sich dazu aufzugeben und wieder in die Wohnung zurück zu gehen.

Sie ist enttäuscht. Wieder wurde sie allein gelassen. Sie legt sich in ihr Bett und weint sich in
den Schlaf.

KAPITEL 3

SIMONE, BIST DU WIRKLICH MEINE FREUNDIN?

Cindy hat die letzte Nacht in einem Motel verbracht. Schlaf konnte sie erst nach drei Stunden, in denen sie sich im Bett herumgewälzt hat, finden. Das Erlebte mit den zwei Freiern hat sie einfach nicht einschlafen lassen. Ihr Körper schmerzt noch immer von dem Schlag und dem Aufprall auf dem Parkplatzboden.

„Es kann nicht so weitergehen, ich muss Geld verdienen, aber ich brauche Schutz."

Daher entschließt sie sich dazu, die anderen Frauen auf dem Straßenstrich zu fragen, wie die das machen. Cindy steht dabei schon über zwanzig Minuten unter der Dusche, das Wasser hat sie heiß aufgedreht. So hat sie das Gefühl den Schmerz und die Berührungen von den Typen von ihrer Haut zu spülen.

Schwer kann sie sich überwinden die Dusche abzustellen. Sie dreht erst das kalte und dann das heiße Wasser ab. In Gedanken versunken, steht sie nackt in der Duschkabine.

Dampf steigt noch immer von ihrer Haut auf. So heiß hat sie noch nie geduscht. Ihre Haut ist rot und schmerzt ein wenig.

Der Schmerz gibt ihr ein gutes Gefühl, das Gefühl, überhaupt noch etwas zu empfinden. Noch zu leben.

Nach weiteren zehn Minuten steigt sie aus der Duschkabine. Nackt steht sie nun vor dem Spiegel im Bad und schaut ihren Körper an. Übersät von blauen Flecken trocknet sie sich ab. Das weiche Frotteehandtuch lässt sie ihre Beine hinabgleiten.

„Verdammt, es tut alles weh ..."

Vorsichtig trocknet sie ihren Körper weiter ab. Ihre Brüste schmerzen so sehr, dass sie diese nur mit dem Föhn trocknen kann. Die kleinste Berührung mit dem Handtuch schmerzt zu sehr. Sie merkt, dass sie etwas essen muss, denn das Knurren ihres Magens wird immer stärker. So entschließt sie sich dazu, das Frühstücksangebot des Motels in Anspruch zu nehmen. Sie geht in die Lobby des Motels und fragt an der Rezeption, ob das Frühstück noch möglich ist.

Der Mann, der sie entgeistert anschaut, meint nur: „Um sechzehn Uhr am Nachmittag wollen Sie Frühstücken?"

Erst jetzt schaut Cindy auf ihr Handy und realisiert, wie spät es schon ist.

Sofort kommt ihr der Gedanke: „Mist, dann muss ich in ein paar Stunden wieder auf den Strich, sonst habe ich morgen keine Bleibe, die ich bezahlen kann ...“

Sie setzt sich in das Restaurant vom Motel und bestellt sich einen Salat und Pommes. In der Zeit, in der sie auf ihr Essen wartet, kommt ihr immer wieder der Gedanke, ob sie das Leben, welches sie gerade führt, so noch lange ertragen kann. Nach dem Essen beschließt sie in der Einkaufszone der Innenstadt noch ein bisschen zu betteln. Mit einem Becher in der Hand geht sie gezielt auf Männer zu und fragt nach Kleingeld.

Männer geben ihr fast immer ein bisschen Geld. Sie ist sich sicher, dass sogar so eine Kleinigkeit schon ein Gefühl von Macht bei den Männern auslöst. Denen, welche sie direkt anbaggern, gibt sie einen kleinen Zettel, wo sie ihre Handynummer draufgeschrieben hat und den Satz, professionelle Rohrreinigung.

Sie fand das gewitzt und passend, denn irgendwie leert sie ja tatsächlich Rohre. Zwei Stunden nach dem Betteln hat sie immerhin vierzig Euro zusammen. Auch ruft direkt ein Mann bei ihr an. Er will, dass sie zur Heidestraße 15 kommt und das so schnell es ihr möglich ist, weil seine Ehefrau nur bis 21:00 Uhr weg ist. Also fährt sie mit dem Bus an die Haltestelle, die der Adresse am nächsten ist und den Rest der Strecke geht sie zu Fuß.

Ihr Weg führt sie zu einem Anwesen, das keine direkten Nachbarn hat. „Darum traut der sich das hier wohl." Sie drückt auf den Knopf mit dem richtigen Namen und sofort ist eine Männerstimme zu hören, als hätte er an der Sprechanlage gewartet. Er fragt: „Sind Sie die Rohrreinigung?"

„Ja bin ich."

Das Schloss am Tor summt und sie drückt es auf. Sie sieht, dass er schon die Haustür geöffnet hat. Er ruft ihr zu: „Komm, mach schnell!"

Cindy geht schnellen Schrittes auf ihn zu. „Schön, dass du hier bist, zieh deine Schuhe aus und folge mir!" Cindy macht, was er sagt und er führt sie über eine große Treppe in den oberen Stock.

„Hier ist das Bad, geh duschen und komm dann nackt in diesen Raum."

Er zeigt mit dem Finger auf das Zimmer am Ende des Ganges. Cindy geht in das Badezimmer. Sie staunt immer wieder, wie reich manche Menschen sind. Das Bad ist größer als die Wohnung, in der sie mit ihrer Mutter gelebt hat.

„Ich habe zwar grade erst geduscht, aber er muss ja pro halbe Stunde zahlen und wenn ich fürs Duschen bezahlt werde, ist mir das lieber als für das, was gleich wieder passieren wird."

Cindy duscht und trocknet sich ab, dabei merkt sie wie warm ihre nackten Füße werden.

„Oh, Fußbodenheizung, das ist echt geil."

Sie verlässt das Badezimmer, aber vorher hat sie ihre Sachen so übereinandergelegt, dass sie diese im Notfall schnell packen kann. Auf dem Weg zu dem Raum, in dem ihr Freier wartet, hat sie das Gefühl, dass sich die Zimmertür immer weiter von ihr entfernt, statt näherzukommen. Cindy weiß jetzt schon, dass es bestimmt wieder eine echt schräge Aktion werden wird.

Sie öffnet die Tür und sieht wie er nackt vor einem Holzstuhl steht. Eine Schürze verdeckt seinen eher dicken Bauch und seinen Penis. Eine Schüssel mit Wasser und einen Rasierer hat er auf einem Tischen neben dem Stuhl platziert.

„Oh Mann, wieder so ein Verrückter.", geht ihr sofort durch den Kopf.

„Was soll das hier?", fragt Cindy zögernd.

„Ich will dich rasieren. Deine Beine und deinen Intimbereich, dann hole ich mir selbst dabei einen runter und mehr will ich von dir nicht, ich zahle dir dafür 250€!"

Cindy nickt und setzt sich auf den Stuhl. Er legt ihre nackten Beine über seine Schultern und beginnt direkt damit ihre Intimbehaarung zu rasieren. Er legt Daumen und Zeigefinger an ihre Schamlippen und zieht behutsam an diesen, um eine glatte Fläche hinzubekommen. Er streichelt ihre Klitoris, immer mal wieder stöhnt er leicht, während er seinen harten Schwanz zwischendurch anfängt zu wichsen.

„Bitte, tun Sie mir nicht weh.“

„Nein, das habe ich nicht vor.“

Cindy kann sich nicht dabei entspannen, sie verfolgt genau jede seiner Handbewegungen. Doch es passiert genau das, was er angekündigt hat. Er rasiert sie und wichst dabei. Als er kurz vor seinem Orgasmus ist, wird sein Stöhnen heftiger, sein Gesicht färbt sich rot und er schaut starr auf ihre Muschi. Dann nimmt er ihre Brustwarzen abwechselnd in seinen Mund und saugt leicht daran. Er macht es wirklich vorsichtig und schon fast zärtlich, trotzdem muss sich Cindy wegen der Schmerzen, welche sie ohnehin schon hat, sehr zusammenreißen, nicht einen verkniffenen Gesichtsausdruck zu machen. Er merkt nichts von ihren Schmerzen. Er richtet sich auf und so spritzt sein Sperma auf ihren Intimbereich. Cindy merkt, wie heiß sein Saft ist und wie er an ihren Schamlippen herunterläuft. Sofort nimmt er einen Waschlappen und säubert die Stellen, wo er sein Werk hin verrichtet hat. Cindy ist echt froh, dass sie dieses Geld zur Abwechslung nicht so schwer verdienen musste. Er fragt, ob er für einen Aufpreis noch ein paar Bilder von ihrer Muschi machen darf und ob sie regelmäßig zum Hausbesuch kommen kann. Beides ist ihr recht und so antwortet sie mit „Ja."

Er macht die Bilder und gibt ihr dreißig Euro mehr dafür. Cindy geht ins Bad und zieht sich ihre Kleidung an. An der Haustür gibt er ihr einen Kuss und verabschiedet sie mit den Worten: „Bis zum nächsten Mal, mein Schatz." Sie verlässt das Haus.

Gegen 23:00 Uhr fährt Cindy mit dem Bus in das Industriegebiet, um ihren Körper wieder auf dem Strich anzubieten. Heute hat sie die Mission, mit den anderen Nutten zu sprechen. Sie will wissen, wie sie am besten Schutz auf dem Strich bekommen kann. Sie geht nicht zu der Stelle wo sie schon die letzten Tage gestanden hat, sondern zu der Frau welche ihr immer auf der anderen Straßenseite gegenübersteht. Viele der anderen Frauen geben ihr das Gefühl, dass sie dort nicht erwünscht ist. Klar, Cindy ist jünger und das zieht die Freier zu ihr.

„Hi, mein Name ist Cindy, wie heißt du?"

Die Frau in den Vierzigern schaut Cindy von Kopf bis Fuß an

„Mein Name hat dich nicht zu interessieren. Geh an deinen Platz oder verpiss dich zu Mami, wo du hingehörst."

Cindy will nicht so schnell aufgeben und lässt sich von den Worten nicht einschüchtern.

„Ich möchte dich fragen, wie man an einen Zuhälter kommt!"

Der Gesichtsausdruck von der Frau verändert sich.

„Bist du eigentlich total bescheuert? Du hast doch im Moment noch einen Freischein. Das Wissen, dass du noch nicht 18 bist, darum lassen die dich in Ruhe. Verdien dein Geld solange es geht und dann komm nicht wieder her. Sobald du volljährig bist, lässt dich hier kein Zuhälter mehr kostenfrei stehen."

„Ist es denn nicht gut, jemanden zu haben, der auf einen aufpasst?"

„Die passen nicht auf uns auf, die holen sich ihre Anteile und ab und zu ficken die einen kostenlos, ob man das will oder nicht."

Cindy schaut bedrückt zu Boden und dreht sich um. Gerade als sie weggehen will, fasst eine Hand an ihren Arm.

„Wenn du unbedingt jemanden willst, der auf dich aufpasst, such dir einen kräftigen Typen, den du beteiligst, aber sich nicht wie dein Zuhälter benimmt, eher wie ein Beschützer. Er muss aber wirklich was draufhaben, denn sonst stechen die anderen ihn einfach ab."

Cindy geht gedankenversunken an ihren Platz, doch hat sich da schon eine Nutte hingestellt.

„Ey, ich stehe hier schon seit Tagen!"

Die Frau schaut Cindy an.

„Verpiss dich, du kannst dich auch woanders hinstellen oder geh in einem Puff arbeiten, aber geh mir nicht auf den Sack!"

Cindy nimmt all ihren Mut zusammen.

„Du hast doch gar keinen, so wie du auch kaum Zähne im Maul hast!"

„Willst du scheiß Blag was aufs Maul!?"

Sofort springt die Nutte Cindy an, sie schlägt ihr unaufhörlich ins Gesicht. Anschließend holt sie ein Messer aus ihrer Tasche und hält die Spitze an ihre Wange.

„Na, wollen wir mal schauen, ob du weiter die Freier anderer streitig machst, wenn du nicht mehr so schön im Gesicht aussiehst? Die wollen, wenn sie deine Maulfotze ficken von oben nicht in ein Narbengesicht schauen. Ich werde dir deine Wangen aufschlitzen!" Gerade als sie ansetzt und die Spitze der Klinge schon Cindys Haut berührt, knallt es und die Nutte fliegt zur Seite. Sofort steht sie wieder auf.

„Was mischst du dich hier ein, Simone, du hast das geschehen zu lassen, das ist das Gesetz der Straße!"

„Sei still, sonst werde ich ein Exempel an dir statuieren!" Sofort ist die Frau, die eben noch Cindy verstümmeln wollte, ruhig und geht an den Platz, wo sie normalerweise steht.

Cindy weiß nicht wie ihr geschieht, da hört sie: „Steh auf Kleines, ich sagte dir ja eben, dass du deinen Welpenschutz hier verlierst, stell dich zu mir."

Die Frau, mit der Cindy zuvor gesprochen hat, hält ihr ihre Hand hin. Sie greift nach dieser und wird von ihr hochgezogen. Cindy merkt wie schnell ihr Herz schlägt und ihre Wange schmerzt.

„Danke, dass du mir geholfen hast."

Simone hält ihr ein Taschentuch hin und Cindy wischt damit das Blut von ihrer Wange.

„Warte, das müssen wir desinfizieren, ich habe immer ein bisschen was in der Tasche, dreh deinen Kopf zur Seite."

Sie kippt eine Flüssigkeit auf die Wunde.

„Aua, das brennt, was ist das?"

„Was wohl, das ist Wodka, aber es desinfiziert auch, mal von innen und wenn nötig auch mal von außen."

Dabei lacht Simone und trinkt den Rest der Flasche aus. Cindy klebt sich ein kleines Pflaster auf die Wunde und beide stehen zusammen diesen Abend auf dem Strich.

Simone hat viele Stammkunden. Wenn sie von einem zurückgebracht wird, vergehen keine zehn Minuten und der nächste will mit ihr ficken. Cindy hat an dem Abend auch zwei Kunden, dem einen soll sie einen blasen, ein Glück mit Kondom und der andere will ihre Füße lecken, während sie ihm seinen Schwanz wichst. In den weiteren Nächten geht das so weiter. Simone lässt Cindy bei sich stehen und sieht sie auch nicht als Bedrohung an. Immerhin hat Simone, trotz ihres Alters mehr Kunden als Cindy. Jeden Abend befriedigt Simone um die sieben Freier.

„Simone, es ist Zeit für die Abrechnung."

Beide drehen sich um und sehen drei Männer auf sie zukommen.

„Los, schieb die 60 Prozent rüber und du weißt, dass wir dich beobachten, also denk nicht einmal daran uns zu bescheißen." Simone gibt ihm ein Aufgerolltes Bündel mit Geldscheinen.

„Brav, ich wusste du entscheidest dich richtig. Wer bist du eigentlich, du kleine Hure, könntest auch gutes Geld für uns machen."

Simone schaut ihn sauer an.

„Sie ist noch keine 18!"

Er nickt.

„Gib mir deinen Ausweis!", fordert er Cindy auf. Sofort gibt sie ihm, was er verlangt.

„Ach, sehr gut, also ein paar Tage noch, dann nehme ich dich unter meine Dienste. Erstmal werde ich dich selbst testen, man muss die Ware ja ausprobieren."

Mit den Worten dreht er sich um und geht lachend davon. Seine beiden Vollidioten folgen ihm direkt hinterher.

„Du musst unbedingt hier aufhören, es wird zu gefährlich für dich. Wenn du einmal in diesem Teufelskreis bist, kommst du da nie mehr raus."
Nicht lange kann Cindy über die Worte von Simone nachdenken. Es hält ein Wagen vor den beiden an. Simone bekommt sofort ein angespanntes Gesicht.

„Egal was der will, wir machen es, sag nicht nein, sonst kommen wir da nicht mehr heile heraus."

Noch bevor Cindy fragen kann, warum Simone das sagt, steigt der Fahrer des langen, schwarzen Autos aus.

„Sie beide sollen einsteigen."

Simone nimmt Cindys Hand und zieht sie mit zu den hinteren Türen. Der Fahrer öffnet die rechte hintere Tür und bittet die beiden einzusteigen. Simone und Cindy nehmen auf den schwarzen Ledersitzen Platz.

Ein älterer sehr muskulöser Mann, spricht mit tiefer Stimme: „Wollen die Damen etwas trinken?"

Simone antwortet für Cindy mit: „Ja gern."

Daraufhin nimmt der Mann im schwarzen Anzug eine Flasche Champagner und zwei Gläser. Diese füllt er zur Hälfte und reicht den beiden die Gläser. Er hält ihnen sein eigenes Glas hin.

„Wollen wir auf eine schöne Nacht anstoßen."

Simone hält ihr Glas hoch und Cindy macht dasselbe. Sie stoßen an und die beiden trinken ihr Glas in einem Zug leer. Cindy hat noch nie Champagner getrunken und muss lachen, weil ihr die Kohlensäure in der Nase kitzelt. Der Mann schaut sie an, sein Gesicht ist auf einer Wangenseite mit einer Narbe überzogen.

Sein ernster Blick geht Cindy durch Mark und Bein. Angst macht sich in ihr breit vor dem, was jetzt passieren könnte. Sie greift nach Simones Hand und hält sich daran fest. Das Schlimmste erwartend, schaut sie dem Mann ins Gesicht. Sein Gesichtsausdruck verändert sich und er lacht laut los.

„Du bist ein junges Ding, du weißt noch die kleinen Dinge zu schätzen."

Cindy entspannt sich wieder ein wenig. Eins ist ihr jetzt klar, der Mann kann einem eine Todesangst einjagen, wenn er es will. Sie merkt, dass ihr Höschen leicht feucht geworden ist, aber nicht von ihrem Muschisaft.

„Ich lade euch beide zu einer Party ein, ihr seid meine Begleitung, ficken werde ich euch danach selbstverständlich auch. Ein Nein akzeptiere ich nicht."

Er schmeißt jedem der beiden ein Bündel Geldscheine und ein Tütchen weißes Pulver auf den Schoss.

Cindy traut sich gar nicht, das Geld anzufassen. Simone nimmt die Tüte und steckt ihren Finger hinein, dann führt sie den Finger zur Nase und zieht das weiße Pulver hinein.

„Danke Boris, das habe ich gebracht. Cindy, mach es mir nach, es ist ein sehr guter Stoff. Boris weiß, was das Beste ist."

Noch nie hat Cindy Drogen konsumiert, aber ihr ist klar, dass sie es machen muss. Also macht sie dasselbe wie Simone, doch fängt sie sofort an zu husten.

„Na das brennt nur am Anfang meine Kleine, aber du fühlst dich gleich stark und gut, es geht doch nichts über gutes Koks, stimmst doch Simone oder willst du mir widersprechen?" „Nein, da hast du wie immer vollkommen recht."

Boris fordert Cindy auf, ihm ihre Titten zu zeigen, natürlich macht sie es sofort. Auch Simone soll oben ohne mit ihm in der Limousine feiern. „Kleine, knie dich vor Boris und lutsch seinen Schwanz."

Cindy kniet sich vor ihn und holt ein Kondom heraus. Boris schaut sie an nimmt das Kondom und schmeißt es in den kleinen Mülleimer neben der Bar in der Limousine.

„Mädchen, ich habe dir eben 3000 Euro auf deinen süßen Schoß geworfen. Heute und auch in Zukunft werde ich ohne befriedigt, verstanden?"

„Ja natürlich", antwortet Cindy, mit zitternder Stimme."

Erst streichelt er ihr über ihr blondes Haar.

„Du musst vor mir keine Angst haben, meine Kleine. Ich bin lieb, solange du tust, was ich dir sage." Sie führt ihren Mund an seinen Schwanz und umschließt ihn mit ihren Lippen. Sie hört sein Stöhnen und bemerkt seine Hand an ihrem Kopf, doch er drückt sie nicht vor, er hat seine Hand nur auf ihren Kopf gelegt und streichelt ihr Haar.

Cindy fängt an seinen Schwanz zu lutschen. Sie spielt dabei mit ihrer Zunge an seiner Eichel. Er stöhnt und lehnt sich im Sitz zurück. Simone schaut ihn an.

„Sie ist gut, oder?"

„Oh jaaa, sie ist super", antwortet Boris.

„Nach zehn Minuten hat Boris seinen Penis aus Cindys Mund gezogen.

„Mädel du bist geil und lutschst besser als jeder Staubsauger, ich will aber noch ordentlich mit euch Ficken. Erst wenn ihr schön gequiekt habt, spritze ich euch meine Sahne in eure kleinen Fickmünder."

Simone kniet sich neben Cindy, sie nimmt seinen noch immer steifen Schwanz und packt ihn behutsam in seine Hose, dann zieht sie vorsichtig den Reißverschluss zu.

„Boris, was ist der Grund, dass du mit uns heute feiern willst?“

Boris schaut die beiden fragend an.

„Brauche ich einen Grund, um mit euch beiden Stuten feiern zu gehen?“

„Nein Boris, natürlich nicht, du kannst immer machen, was du möchtest, bitte entschuldige“, spricht Simone kleinlaut. Cindy ist von der Demut, welche Simone vor Boris hat, total erschrocken.

„Aber du hast recht, heute habe ich einen Grund. Meine Ware geht nun per Übersee zu meinen Kunden.“

Simone und Cindy knien noch immer vor Boris, beide nicken ihm zu und das so anerkennend wie nur möglich. Er genießt es und lässt die beiden noch eine Weile so vor sich sitzen. Eine auf jeder Seite seiner Beine und er streichelt den beiden die Haare wie einem Hund, der brav Sitz vor seinem Herrchen macht.

„Wir sind da, mein Herr“, kündigt der Fahrer an. Die Limousine hält vor einem Club, wo die beiden ohne Boris niemals hineinkommen würden. Cindy bekommt nur noch die Hälfte mit. Das Koks hat ihr den Verstand so benebelt, dass sie ohne den Schwanz von Boris, ab und zu immer noch die Bewegung mit ihrem Mund macht, als würde sie weiterblasen.

Boris gibt ihr eine ordentliche Ohrfeige und sie fliegt auf Simone. Beide klatschen gegen den Schrank, welcher in der Limousine an der Seite verbaut ist.

„Na, bist du jetzt wieder unter uns?“, will Boris von Cindy wissen.

Diese rappelt sich wieder auf.

„Ja, ich denke schon, aber warum tut mir meine Wange nicht weh?“

„Weil du durch das Koks im Gesicht nichts spürst!“

Cindy tastet ihre Wange ab und der Fahrer öffnet die Limousinentür.

„Los, steigt aus“, fordert Boris die beiden auf. Simone steigt als erste aus und Cindy folgt ihr. Cindy muss sich erstmal umschauen. Eine lange Schlange von Menschen, die vor dem Club warten, schauen die beiden an. Auch blendet sie das Licht. Boris steigt aus und schon kommt ein schmaler aber großer Mann auf die drei zugelaufen.

„Boris, wie schön dich in meinem Club wieder als Gast zu haben.“

Boris schüttelt dem Mann die Hand. Er stellt die beiden nicht vor und auch werden sie nicht begrüßt. Nicht einmal wahrgenommen.

„Kommt mit“, fordert Boris die zwei Frauen auf, ihm zu folgen. Der Mann führt sie in den

Club und zu einer VIP-Lounge. Er stellt einen der Türsteher daneben und fordert eine Bardame auf, sich nur noch um Boris und sein Gefolge zu kümmern.

„Was darf ich euch bringen?", möchte die rothaarige Frau wissen.

„Champagner und Cola", verlangt Boris, auch jetzt werden die beiden nicht gefragt.

„Tanzt vor mir, los!"

Simone steht auf und nimmt Cindys Hand. „Komm, steh auf."

Cindy quält sich hoch und die beiden tanzen für Boris. Eng umschlungen reibt Simone ihren Körper an der Siebzehnjährigen. Boris feiert seine private Show. Dann kommen plötzlich drei Männer, ebenfalls in schwarzen Anzügen, dazu.

„Hey Boss, da hast du aber ein geiles Entertainment Programm besorgt. Boris knallt die Champagnerflasche mit so einer Wucht auf den Marmortisch, dass diese in tausende kleine Scherben zersplittert. Er brüllt den Mann an.

„Pack die beiden an und ich schneide dir deine Hände ab, du Bastard."

„Hey Boss, so wa- wa- wa- war das nicht gemeint. Niemals würde ich …"

Doch Boris macht nur eine Handbewegung und der Mann beendet nicht mal seinen Satz.

Boris steht von seinem Loungesessel auf und richtet sich in seiner ganzen Größe auf.

„Ihr wisst, dass wir einen großen Erfolg errungen haben. Wir haben die Familie Großer besiegt und ihren Handelsvertrieb übernommen. Niemand hätte es für möglich gehalten, aber wir haben das Unmögliche möglich gemacht. Uns stellt sich niemand mehr in den Weg!“

Bei diesen Worten fangen die drei Männer an zu applaudieren und einander auf die Schultern zu klopfen. Boris hält sein Glas in die Luft und die anderen tun es im gleich.

„Nun lasst uns auf die trinken, welche ihr Leben gelassen haben und den Weg zum Sieg mit dem Blut unserer Feinde tränken.“

Alle sind nun still und gedenken so den Toten. Der Türsteher macht sogar eine Geste zu dem DJ. Dieser macht die Musik aus. Dann hört man ein lautes „Prost!“ und schon sind alle wieder mit lauter Musik am Feiern.

Boris fordert Simone auf, sich vor ihn zu knien und seinen Schwanz zu lutschen.

„Cindy, zieh deine Sachen aus und tanz für uns auf dem Tisch!“

Es war auf jeden Fall keine Frage und Cindy wusste, dass sie nicht „nein“ sagen konnte.

Während Simone Boris vor allen Menschen den Schwanz lutscht, tanzt Cindy komplett nackt auf dem Tisch.

Die Männer fangen an ihr Geldscheine zwischen die Pobacken zu stecken und auch als sie sich hinsetzen soll, werden ihr sofort Geldscheine in die Scheide gesteckt. Überall auf dem Tisch liegen schon Hunderter und Fünfzig-Euro-Scheine herum.

„Gut Cindy, nimm dein Geld und übernimm Simones Aufgabe, sie soll jetzt tanzen. Cindy sammelt kurz und schnell das Geld ein und kniet vor Boris nieder.

„Er kündigt den drei Männern an, dass diese Simone gern ficken könnten, aber Cindy ihm allein gehöre. Dabei streichelt er Cindy, als sei sie sein Haustier, das vor ihm sitzt, über das Haar.

„Dich werde ich wohl behalten, meine Kleine." Cindy kann es nicht fassen.

„Er behandelt mich, als sei ich sein Eigentum."

Leicht empört befriedigt sie Boris mit ihrem Mund weiter und weiter. Simone wird währenddessen von den Dreien in alle Löcher gefickt. Sie hat einen Schwanz im Arsch, einen in ihrer Scheide und einen im Mund. Grunzend wird sie immer härter gefickt und mit Geldscheinen beschmissen.

Boris bäumt sich auf und ein tiefes Stöhnen kommt aus seinem Mund. Wie aus einer Fontäne spritzt sein Sperma in Cindys Mund.

„Du spuckst nichts aus. Schluck es runter!", befiehlt Boris und Cindy gehorcht. Sie steht auf und kippt einen großen Schluck Cola hinterher. Nachdem sich alle bis zum Orgasmus befriedigt haben, wird weiter gesoffen und überall auf dem Tisch wird Koks verteilt. Alle sind total drauf und brüllen, tanzen und saufen. Cindy hat noch niemals so viel Hemmungslosigkeit auf einmal gesehen. Als es vier Uhr morgens ist, kündigt Boris an, dass die Feier zu Ende ist. Sofort rappeln die Männer sich auf und verlassen den Club. Boris gibt dem Besitzer des Clubs, ein Bündel Scheine und noch während dieser sich überschwänglich bedankt, verlässt er den Club. Auf dem Weg lässt er die beiden am Strich raus.

„Simone, das war echt beängstigend."

„Ja, das stimmt, das ist es jedes Mal, aber hast du schon mal an einem Abend so viel Geld verdient?"

„Nein niemals, mit der Menge könnte ich jetzt drei Monate im Motel leben und nichts machen."
„Das geht jetzt leider nicht mehr. Boris hat dich als sein Eigentum betitelt. Du gehörst jetzt ihm, bis er keine Lust mehr auf dich hat oder was anderes sein Interesse mehr erweckt."

In Cindy macht sich ein Gefühl von Panik breit. „Was bedeutet das jetzt für mich?"

Simone legt ihre Hand auf Cindys Schulter. „Mach dir nicht zu viele Sorgen, steh nur für ihn parat, wenn er Lust auf dich hat und sag niemals nein zu ihm. Das kann dich dein Leben kosten.“

Cindy kann es nicht fassen, wo sie reingeraten ist.

KAPITEL 4

RALF, DER ZUHÄLTER

Drei Tage hat Cindy sich nicht auf dem Strich blicken lassen. Das Geld, welches sie von Boris bekommen hat, ist noch lange nicht aufgebraucht. Doch die Worte von Simone gehen ihr nicht mehr aus dem Kopf.

„Du gehörst jetzt ihm, solange er es will!"

Jedes Mal, wenn sie darüber nachdenkt, geht ihr ein kalter Schauer über den Rücken. Doch hat Boris sie in den drei Tagen nicht kontaktiert. Sie sitzt schon ganze zwei Stunden auf der Bettkante und denkt darüber nach, ob er überhaupt noch weiß, dass er diese Worte gesagt hat. Vielleicht macht sie sich umsonst Sorgen. Kann ja sein, dass Boris es nicht erst gemeint hat. Cindy steht vom Bett auf und möchte sich im Badezimmer fertig machen. Sie trottet in das Bad des Motelzimmers, wo sie schon als Dauergast eingestuft wurde.

„Oh Mann, wie sehe ich denn aus?"

Zwei Tage hat sie nur im Bett gelegen. Ihr Haar ist zerzaust und die Schminke, welche sie vorm Schlafen nicht von ihrem Gesicht entfernt hat, ist total verschmiert. Sie schaut an ihrem nackten

Körper hinab und sieht, dass ihre Intimbehaarung zu sehen ist.

„Mist, warum habe ich bei dem Anruf gestern von dem Perversen abgelehnt, er hätte mich rasiert und gezahlt, jetzt muss ich das selbst machen."

Cindy entschließt sich dazu, unter die Dusche zu gehen und rasiert sich erstmal die Arme, dann die Beine und zum Schluss ihren Schambereich. Dieses Mal hat sie es sogar geschafft, sich zu rasieren, ohne sich zu schneiden. Den Stolz kann man ihr im Gesicht ablesen.

„Könnte ich eigentlich anfangen zu sammeln, irgendwann kann ich aus den Haaren einen Teddy basteln."

Ohne sich selbst zu ernst zu nehmen, muss sie ein wenig über ihre Worte lachen. Nun schäumt sie ihren Körper von oben bis unten ein. Sie duscht sich ab und genießt das fast heiße Wasser auf ihrer Haut. Der Raum ist schon mit Wasserdampf geflutet und sie kann schon gar nicht mehr bis zur Wand gegenüber schauen. Sie führt die Brause in ihren Intimbereich und hält eine Weile den Wasserstrahl auf ihre Scheide. Ein leises tiefes Ausatmen, welches schon einem Stöhnen ähnelt, verlässt ihren Mund. Ihre andere Hand führt sie an die Fliesenwand und stützt sich dabei ab. Sie spreizt leicht ihre Oberschenkel auseinander und der Wasserstrahl findet seinen Weg zwischen ihre Schamlippen. Sie führt den Duschkopf noch näher an ihre Scheide und weitere leichte Stöhngeräusche sind zu hören. Cindy schließt ihre Augen und lässt den Duschkopf zu Boden fallen. Ihre Hand wandert zu ihrer Scheide und sie fängt an ihren Kitzler zu reiben. Erst langsam und nach einer Weile immer schneller, zeitgleich wird ihr Stöhnen lauter und lauter, dann ist es so weit, der Orgasmus durchfährt ihren ganzen Körper.

Sie liebt die Mischung aus Schmerz und dem Pulsieren, als ob ein Stromschlag durch den Körper fährt. Ihre Knie werden ein wenig weich und so geht sie leicht in die Hocke, sie streichelt sich so lange bis der Orgasmus vorbei ist. Erst jetzt verlassen ihre Finger den Intimbereich.

Sie drückt ihren Zeigefinger gegen ihren Daumen und zieht beim wieder loslassen, einen Faden ihres Muschisaftes auseinander.

„Oh, da bin ich aber ordentlich feucht geworden."

Sie führt ihre Finger an ihren Mund und leckt mit ihrer Zungenspitze den Saft von ihrem Finger und ihrem Daumen.

„Ich schmecke einfach geil, kein Wunder, dass die alle dafür bezahlen."

Sie verlässt die Dusche und macht sich fertig. Es ist Zeit, wieder arbeiten zu gehen.

„Ich muss Simone treffen und sie fragen, ob sie diese Worte ernst gemeint hat."

Cindy hat noch ein wenig die Hoffnung, dass Simone durch das Kokain und die lange Nacht übertrieben hat, als sie das sagte. Frisch geschminkt und in ihren engen sexy Sachen, steht sie vor dem Motelzimmer Tür, mit der Klinke in ihrer Hand. Kurz muss sie daran zurückdenken, wie sie sich jedes Mal überwinden musste in das Wohnzimmer zu gehen, wenn ihre besoffene Mutter nach ihr gebrüllt hat. Auch da hatte sie immer die Türklinke in der Hand, sie musste immer erst ein wenig Mut sammeln und erst dann konnte sie die Tür öffnen. Doch dieses Mal findet sie die Kraft, die Zimmertür zu öffnen. Die Tür fällt hinter ihr ins Schloss.

Heute hat sie keine Lust im Motel zu essen. Es ist eh schon wieder 16:00 Uhr. Daher sucht sie sich einen Imbiss in der Nähe und isst dort ihren Salat und Pommes. Es ist schon zu einem Ritual geworden, wenn sie zum Strich geht, dass sie genau diese Kombination bestellt.

„Ich habe noch so viel Geld und Zeit."

Also war ihr klar - Shoppen ist angesagt.

Cindy sucht sich ein Geschäft wo ihr durch das bloße Betrachten des Schaufensters klar ist, dass es dort Sachen gibt, die sie geil findet. Der Laden ist auch aufgeschlossen genug, sie in ihrer Arbeitskleidung ins Geschäft zu lassen. Man kann ihrem Outfit schon ansehen, dass sie eine Sexarbeiterin ist. Sie hat beim Shoppen kurz die Zeit vergessen und plötzlich steht eine Verkäuferin neben Cindy im Laden.

„Leider schließen wir jetzt, kann ich Ihnen noch was einpacken?"

Cindy überreicht der Frau zwei kurze Oberteile und eine Jeans. Sie zahlt und verlässt den Laden.

„Mist, was mache ich denn jetzt noch zwei Stunden?"

Sie entschließt sich schon den Bus zu nehmen, der sie in die Richtung ihres Arbeitsplatzes bringt.

„Wenn ich da bin, sind es nur noch 40 Minuten, werde ich schon herumbekommen, vielleicht kommt Simone auch eher."

Sie steht an der Bushaltestelle und merkt wieder wie sie angegafft wird.

„Hey Nutte, was kostet ein Arschfick jetzt und hier vor all den Menschen?"

Cindy reagiert auf so eine Scheiße gar nicht und ignoriert den Spruch. Doch dieser will das so nicht hinnehmen und geht zu Cindy. Er packt sie an ihrer Schulter und zieht sie zu sich.

„Sag jetzt, was kostet dein dreckiger Nutten-
körper?"

„Lass mich los!"

Cindy schlägt seine Hand zur Seite und schreit
ihm ins Gesicht: „GEH WEG!"

Der Mann holt aus und ohne, dass Cindy es
schafft auszuweichen, schlägt er ihr direkt ins Gesicht. Sie fliegt durch die Wucht zu Boden und ein
anderer packt den Mann und hält ihn fest. Dieser
reißt sich los und schlägt auf den Mann ein. Ein
Polizeiwagen hält an der Bushaltestelle und sie
nehmen beide fest.

Cindy läuft auf die Polizisten zu: „Nein, er hat
mich vor ihm gerettet und dann ist er ihn ange-
gangen."

Die Polizisten glauben Cindy und lassen den
Mann der ihr geholfen hat gehen.

„Wollen Sie Anzeige wegen Körperverletzung
erstatten?"

„Nein, das möchte ich nicht."

Zu gern hätte sie ihn angezeigt, aber die Polizisten sollten nicht erfahren, dass sie minderjäh-
rig ist.

„Ein Glück wollten die nicht meinen Ausweis."

Der Typ hat sich gegen die Festnahme so ge-
wehrt, dass die mit dem genug zu tun hatten.
Cindy kann aber noch den Namen Walter
Schmidt hören. Sie merkt sich den Namen von

ihrem Angreifer, dem Mann der ihr geholfen hat, hat sie einen Kuss auf seine Wange gegeben und ihm leise ins Ohr geflüstert: „Danke mein Held in schimmernder Rüstung."

Sie steigt in den Bus, ohne zurück zu schauen. Die Blicke der Leute kann sie mittlerweile ganz gut von sich abprallen lassen.

Der Bus fährt los und man sieht noch immer, wie die Polizisten mit dem Mann an der Bushaltestelle zu kämpfen haben. Eine ältere Frau, die vor Cindy sitzt, mit dem Gesicht zu ihr gewandt murmelt leise: „Eine Schande sowas!"

„Was haben sie zu mir gesagt?"

Die Frau ist leicht erschrocken darüber, dass Cindy wohl gehört hat, was sie gemurmelt hat.

„Ich habe gesagt, es ist eine Schande, dass Sie mit ihrer ganzen nackten Haut den Männern den Kopf verdrehen und sich dann beschweren, wenn sie angegriffen werden. Ist doch wohl klar, dass nur Sie allein daran schuld sind. Der arme Mann kann da doch nichts für."

Cindy kann es nicht fassen.

„Der Mann hat mich begrabscht und mich geschlagen, ganz zu schweigen von den Beleidigungen."

Die Frau verdreht die Augen und meint nur: „Wie ich es sagte, Sie sind schuld, Sie laufen ja wie eine Hure herum."

Cindy beugt sich zu der alten Frau: „Ich bin eine Hure, ich nehme aber Geld und lasse mich nicht von jedem begrabschen. Sie sind doch nur neidisch, weil Sie nicht mal kostenlos einen abbekommen. Bei mir zahlen die Männer sogar."

Cindy steht auf und setzt sich ganz nach hinten im Bus. An der passenden Haltestelle angekommen, steigt sie aus dem Bus aus und läuft wieder die restliche Strecke zu Fuß.

„Hey Cindy", hört sie plötzlich jemanden rufen.

Sie dreht sich um und sieht Simone, die auf sie zuläuft. Cindy sieht, dass Simone Panik im Gesicht ausstrahlt.

„Simone, was ist los?"

„Du hättest nicht mehr herkommen sollen! Ralf, mein Zuhälter, sucht nach dir. Er hat herausbekommen, dass du in zwei Tagen 18 bist und er will dich als Arbeiterin."

„Das entscheide immer noch ich, für wen ich auf den Strich gehe!", antwortet Cindy so selbstbewusst wie möglich, doch Simone sieht man an, dass es wohl nicht so selbstbewusst rübergekommen ist.

„Leider können wir uns das nicht selbst aussuchen. Warum hast du einen blauen Fleck im Gesicht?"

„Eben an der Bushaltestelle ist jemand zudringlich geworden, aber du müsstest ihn mal sehen.“

Cindy lacht Simone an, aber diese bleibt ernst.

„Cindy, du musst hier weg und du darfst nicht wiederkommen, Ralf ist gefährlich.“

Doch Cindy besteht darauf, dass sie wieder an ihren gewohnten Platz geht und will sich keine Angst machen lassen. Simone gibt es nach einigen Versuchen auf, ihr klarzumachen, dass sie einen Fehler begeht. Die beiden gehen gemeinsam die restliche Strecke und stellen sich an ihre Stammplätze.

Es vergehen keine zehn Minuten und der erste Freier hält bei Cindy an. Sie beugt sich leicht in das Fenster.

„Was kostet Blasen und Ficken, Süße?“

„Dreißig Minuten kosten fünfzig Euro.“

„Okay steig ein, Schätzchen.“

Cindy steigt zu dem Opa ein und er fährt auf den Parkplatz hinter dem Laden. Er öffnet seine Hose und holt seinen Schwanz raus.

„Los Schätzchen, fang an.“

Cindy beugt sich über ihn und streift ein Gummi über seinen schon steifen Schwanz, ein Tropfen Sperma ist auch schon von seiner Geilheit aus seinem Schwanz gelaufen. Sie führt ihre Lippen an seine Eichel und umschließt mit ihrem Mund seinen Schwanz. Er stöhnt auf.

„Das machst du gut, Schätzchen."

Er fängt an ihre Haare zu streicheln und mit der anderen Hand fasst er an ihren kleinen festen Busen.

Cindy lutscht ihm so gut sie kann den Schwanz, sie versucht ihn jetzt schon beim Lutschen kommen zu lassen, so muss sie sich vielleicht nicht mehr Ficken lassen, weil er befriedigt ist. Wie erhofft stöhnt der alte Mann nach zehn Minuten auf und das Sperma schießt aus seinem Schwanz in das Kondom. Cindy nimmt seinen Schwanz aus ihrem Mund und streichelt ihm noch ein wenig die Eier. Er sieht zufrieden aus und zahlt die fünfzig Euro. Sie steigt aus und geht zu ihrem Platz zurück. Ein Mann, welcher echt unheimlich aussieht, kommt zu Fuß auf Cindy zu.

„Hey, komm her!", ruft der Mann Cindy zu, „du bist Cindy?"

„Ja, bin ich, was wollen Sie von mir?"

Er grinst sie an.

„Ich bin Ralf, Simones Zuhälter und du bist ab jetzt unter meinem Schutz. Ich bin dein Zuhälter und du zahlst mir dafür einen Anteil, du gibst mir einfach immer von jedem Kunden das komplette Geld und ich zahle dir dreißig Prozent wieder aus."

„Nein, das will ich nicht und auch ist das für die Arbeit viel zu wenig."

„Kleine, du verstehst das hier falsch, das ist kein Angebot, bei dem du Mitspracherecht hast, du machst das und wir diskutieren da nicht."

Er fasst ihr an die Schulter und zieht ihren zierlichen Körper an sich heran.

„Tu, was ich will und dir wird kein Haar gekrümmt. Aber jetzt kommst du erstmal mit, ein Händler muss wissen, was er anbietet und darum werde ich dich jetzt erstmal antesten."

Er zerrt Cindy gegen ihren Willen zu einem alten Bulli, dort muss sie einsteigen und sich komplett ausziehen. Er betrachtet jede Stelle ihres Körpers.

„Ich bin kein Vieh!", schreit sie ihm ins Gesicht. „Halt deine Schnauze, du unbedeutendes Handelsgut. Nichts bist du wert, nur das, was die Männer bezahlen, um deinen Körper kurz zu besitzen. Jetzt knie dich hin und zeig, wie du einen Schwanz bearbeiten kannst!"

Cindy kniet sich auf den Boden vom Bulli, sie lutscht seinen Schwanz und er drückt ihr Gesicht mit Gewalt dabei zwischen seine Beine. Immer wieder schlägt er sie dabei. Er fasst in ihre langen

Haare und zieht sie daran zu der Sitzbank gegenüber im Bulli.

Cindy schreit vor Schmerzen, er nimmt ihren Arm und legt ein Gummiband darum, dieses liegt so eng an, dass sich das Gummi in ihre Haut drückt. Cindy sieht, wie er eine Spritze hervorholt. Sie fängt an wild um sich zu schlagen und zu treten, dabei trifft sie sein Gesicht und er fliegt mit der Spritze zu Boden.

„Hör auf, du dumme Schlampe, es ist nur Heroin."

„Ich will das nicht!"

Cindy versucht die Schiebetür zu öffnen, aber er hat sie verschlossen.

„LASS MICH HIER RAUS!"

Er packt ihren Arm und drückt mit Gewalt die Nadel in ihren Arm. Ihr wird schwindelig und sie bricht in sich zusammen. Ihr nackter Körper fällt zu Boden. Sie ist in einer völlig anderen Welt.

Ralf zieht ihren wehrlosen Körper auf die Sitzbank und hält ihre Beine gespreizt in die Luft, während er sie vergewaltigt.

Er fickt ihren Körper ohne Kondom, bis er sich in ihr ergießt und sein Sperma in ihrer Scheide aus seinem Penis herausschießt.

„Dreckige Hure", er zieht seinen Schwanz aus ihrer Scheide und spuckt ihr ins Gesicht.

„Das ist das, was du wert bist! Nichts, du dreckiges Stück Fickfleisch, hoffe, du hast einen ordentlichen Trip, dass du nachher schön mehr davon willst und ich das noch von deinen lächerlichen dreißig Prozent Anteil abziehen kann."

Er macht ohne Ende Fotos von ihrem nackten Körper, auch von ihrer Scheide, aus der schon sein Sperma rausläuft.

„Diese Fotos wirst du jetzt öfter im Internet sehen, auf jeder Plattform wo jemand Fickfleisch sucht und im Darknet wirst du schön angeboten. Ah verdammt, du siehst so geil aus, ich kriege schon wieder einen steifen."

Er dreht ihren Körper, sodass er ihren Arsch ficken kann. Er positioniert sich hinter ihr und schiebt ihr ohne Vorsicht einfach seinen Schwanz in ihr enges Poloch hinein. Cindy kriegt davon nichts mit und so kann er wieder ohne, dass Cindy sich wehren kann, ihren Körper vergewaltigen. In Cindys Arsch spritzt er noch eine Ladung ab. Danach bringt er ihren nackten Körper aus seinem Fahrzeug und legt sie am Straßenrand ab. Ihre Kleidung schmeißt er auf sie.

Dann holt er seinen Schwanz raus und pisst auf sie und ihre Kleidung.

Das Geld, was sie an dem Abend verdient hat und das, was sie noch bei sich trägt, nimmt er ihr ab. Nur einen Zettel mit den Worten „Du gehörst jetzt mir" hat er ihr in die Tasche ihrer Jacke gesteckt. Simone findet Cindy und versucht sie wach zu machen, sie rüttelt an ihren Schultern und kneift ihr in die Arme, aber es gelingt ihr nicht, sie wach zu bekommen. Daher setzt sie sich zu ihr und packt den Kopf von Cindy auf ihren Schoß.

Immer wieder versucht sie Cindy wach zu bekommen. Nach einer Stunde öffnet sie ihre Augen.

„Cindy, bitte werde wach, wir müssen hier weg. Ich nehme dich erstmal mit zu mir. Simone schafft es, dass Cindy wach bleibt und rappelt sich mit ihr gemeinsam hoch. Beide laufen langsam zu Simones Wohnung. Dabei stützt sich Cindy auf Simone ab.

„Es ist nicht weit, da vorn nur noch die Straße rein."

Simone wohnt ein Glück im Erdgeschoss. Treppenstufen hätte Cindy jetzt nicht mehr geschafft. Simone stellt Cindy erstmal unter die Dusche. Cindy genießt das warme Wasser. Die

Droge, welche noch immer in ihrem Körper ist, holt sie wieder in die Welt der Fantasie zurück.

„Ahhhhhhhh, was machst du……?“

Simone hat das Wasser auf Kalt gestellt und sofort holt das kalte Wasser Cindy in die Realität zurück. Simone schaltet das Wasser ab und dreht den Duschkopf von dem Schlauch ab.

„Mach deine Beine auseinander.“ Cindy macht es und Simone schiebt ein Stück vom Schlauch in Cindys Scheide, dann spült sie lauwarmes Wasser in ihre Scheide.

„Was soll das?“, will Cindy wissen.

„Ich spüle dich aus, Ralf hat dich bestimmt mehrmals vergewaltigt, das hat er auch bei mir gemacht. Er benutzt kein Gummi, also muss sein Sperma aus deiner Scheide.“

„Er hat was……“

„Er hat dich vergewaltigt, Cindy, nimmst du die Pille?“

„Ja noch, aber ich bin nicht mehr versorgt und ich habe nur noch ein paar über, kommt verwaschen und lallend aus ihr heraus, aber Simone kann die Worte verstehen.“

„Wenigstes hast du dann keine Schwangerschaft von dem zu erwarten, ich hatte dich doch gewarnt.“

Sie fängt an zu weinen und Simone nimmt sie in ihre Arme.

„Ach Mädchen, eigentlich bist du viel zu jung für so eine scheiße, eigentlich sollte dieses Leben keiner durchmachen müssen, aber wir stecken jetzt nun mal darin fest." Sie holt Cindy aus der Dusche und trocknet sie ab, sie gibt ihr ein Shirt und führt sie in das kleine Gästezimmer. Auf dem Bett angekommen fällt Cindy sofort wieder in das Land der Träume. Simone führt behutsam Cindys Kopf zum Kissen und sie deckt sie zu.

Der Tag vergeht und Cindy ist nicht einmal aufgewacht. „Cindy, Cindy komm wach auf." Sie öffnet langsam ihre Augen. „Wir müssen zum Strich und du willst bestimmt noch vorher was essen, herrichten musst du dich auch."

„Ich gehe da nicht mehr hin, dieser Ralf ist eine kranke Sau."

„Du musst, sonst sucht er dich."

„Nein, bitte lass mich heute hierbleiben, ich kann nicht aufstehen. Ich klaue nichts und morgen gehe ich wieder ins Motel."

Simone willigt ein und geht alleine auf den Strich. Angekommen, sieht sie sofort Ralf auf sie zukommen.

„Wo ist die Hure?"

„Wen meinst du?"

Sofort schlägt er ihr mit seiner Faust in den Unterleib, sie krümmt sich vor Schmerzen.

„Das weißt du ganz genau, die Nutte Cindy. Ich will, dass sie hier hinkommt, ihr straffer Körper ist mehr wert als deine Backpflaume."

Er schlägt auf Simone ein, aus ihrer Nase schießt das Blut und ihre Rippen schmerzen. Sie liegt gekrümmt am Boden und hält schützend ihre Hände vor ihr Gesicht. Ralf tritt unaufhörlich auf ihren Körper ein.

„Geh zu ihr, sonst bist du tot."

Simone versucht zu antworten, aber ihre Lippen sind aufgeplatzt, ihr Mund füllt sich bei dem Versuch zu sprechen sofort mit ihrem Blut.

„Ja, ich … ich hole sie."

Sie humpelt zu ihrer Wohnung zurück. Ihr ganzer Körper schmerzt, sie hat das Gefühl, gleich das Bewusstsein zu verlieren, immer wieder wird ihr schwarz vor Augen. Als sie die Tür aufschließt, fällt sie beim Öffnen direkt auf den Flurboden. Cindy hört das Knallen und das Weinen, sie läuft zum Flur und sieht Simone am Boden. Sie krümmt sich vor Schmerzen und ist unaufhörlich am Blut spucken. Sofort nimmt sie den Oberkörper und richtet Simone auf.

„Komm, ich bringe dich rein, was ist passiert?"

Simone schaut Cindy mit einem schmerzverzerrten Gesicht direkt in die Augen, „er will, dass du dahin kommst, das hat Ralf mir angetan."

„Oh mein Gott, es tut mir so leid, warum habe ich nur nicht auf deine Warnung gehört?"

„Cindy, wir müssen hier weg, du und auch ich dürfen ihm nicht nochmal in die Hände fallen." Dabei hält Simone sich mit letzter Kraft an Cindys Oberteil fest.

Cindy überlegt kurz. „Man schützt sein Eigentum, oder?"

„Was meinst du damit?"

„Wem gehöre ich denn und wer ist in der Lage, Ralf fertigzumachen?"

„Nein, das solltest du nicht machen!"

Cindy nimmt ihr Handy und sucht eine Nummer raus.

Simone hält sich ihre Hände vors Gesicht.

„Ich sage dir, dass nimmt kein gutes Ende."

„Schlimmer kann es doch nicht werden."

KAPITEL 5

EIN GENTLEMAN HILFT

Cindy drückt auf die Anruftaste ihres Handys und hält es sich an ihr Ohr.

„Oh Gott, bitte lass sie nicht die Person anrufen, welche ich befürchte," predigt Simone vor sich hin. Doch wird Simones Befürchtung bestätigt. Sie hört die laute, tiefe Männerstimme am anderen Ende.

„Boris hier, wer stört?"

„Hallo Boris, hier ist Cindy, die Freundin von Simone."

„Du musst dich nicht mit Simone vorstellen, ich weiß, wer du bist."

„Du hast dich bei mir nicht gemeldet und ich wollte fragen, ob du mich noch sehen möchtest? Ich vermisse dich."

Kurz ist es in der Leitung ruhig und Cindy stockt der Atem, so vieles schießt ihr grade durch den Kopf.

„Habe ich ihn jetzt bedrängt? Bin ich zu zweit gegangen? Merkt er jetzt, dass ich noch fast ein Kind bin?"

„Ich habe auch an dich gedacht, nur ist hier einfach wegen der Vertriebserweiterung zu viel los."

„Boris, ich weiß nicht wie ich es sagen soll, kennst du Ralf, Ralf den Zuhälter?"

„Ja, den Wicht kenne ich, was ist mit ihm. Ist die Kanalratte verreckt?"

„Nein er hat mich verprügelt, unter Drogen gesetzt und mehrfach vergewaltigt und er hat Simone krankenhausreif schlagen. Ich, also wir brauchen einen starken Mann, einen mächtigen Mann wie dich. Bitte, ich habe Angst!"

Wieder wird es kurz still in der Leitung.

„Ich werde das regeln. Mach dich morgen schick, ich hole dich ab und wir beide genießen den Abend zusammen."

„Ja, das werde ich." Cindy legt auf und schaut Simone an.

„Er will es regeln und er holt mich morgen Abend ab."

„Wie will er das denn regeln? Nichts macht er umsonst!"

„Das hat er nicht gesagt. Aber ich glaube ihm, er wird uns helfen. Wenn er dafür Sex will, bin ich bereit, ihm das zu geben."

Währenddessen in einem Lager am anderen Ende der Stadt:

„Chef, wir haben alles verladen und auch ordentlich Kaffeepulver zur Tarnung und für die dreckigen Köter der Bullen, um unsere Ware gepackt. Die Viecher sollten nichts mehr riechen von dem Kokain."

„Gut, ich muss heute Abend was erledigen und du kleiner Pisser wirst mich begleiten."

„Cheffffefefe em ich?"

„Ja du und hör mit dem scheiß Stottern auf."

Der Abend kam wie im Flug, Cindy versorgt schon den ganzen Tag die Wunden von Simone und hat nur kurz das Haus verlassen, um den beiden was zu Essen zu besorgen. Für Simone hat sie Suppe geholt, die sie durch einen Strohhalm zu sich nimmt. Würde die salzige Flüssigkeit an ihre Lippen kommen, wäre das zu schmerzhaft. Simone wird immer wieder leicht bewusstlos, zu viele Schläge von Ralf gingen auf Simones Kopf.

„Lass meinen Wagen vorfahren, wir machen uns jetzt auf den Weg."

„Ja Chef!"

Der Fahrer, welcher schon seit vierzehn Jahren Boris von A nach B bringt, fährt den Wagen vor. Luis, steigt zu Boris hinten ein.

„Chef darf ich fragen, was wir jetzt machen?"

„Ja darfst du, wir bringen einen Zuhälter um, sind jetzt all deine Fragen beantwortet?"

Luis ist schon einige Jahre an Boris Seite. Er liebt es Menschen zu vergiften, so hat er sich seit seiner Kindheit Menschen, die ihm auf die Nerven gehen, entledigt. Doch heute Abend würde es wohl zu einer körperlichen Auseinandersetzung kommen und das ist für den Mann, welcher gerade 1,54 groß ist nichts, was er gern macht.

„Du bleibst in der Nähe, die erste Konfrontation mache ich allein und erst wenn ich rufe, kommst du und bringst dann die Flinte mit."

„Ja, Chef mache ich."

Die Limousine hält bei Ralfs dreckigem Bulli. Der Fahrer steigt aus und kommt nach hinten zur Wagentür. Dieses Auto ist Ralf bekannt und sofort aufgefallen. Ralf und drei seiner Kumpanen stehen vor dem Bulli und staunen über die Limousine. Boris steigt aus dem Wagen und geht auf die drei zu.

„Ralf, ich muss mit dir reden. Ich will, dass du deine Schoßhündchen erstmal wegschickst, ich habe meine ja auch zu Hause gelassen."

„Ja, Jungs, verpisst euch für ein paar Minuten."

Die Männer gehen widerwillig davon. Ralf schaut Boris an, eigentlich zu ihm hoch.

„Was willst du hier?"

Boris schaut Ralf in die Augen, Ralf bekommt Angst, aber will seine Schwäche natürlich nicht zeigen.

„Du hast die Kleine geschlagen!"

„Welche?"

„Cindy."

„Ja habe ich, ist doch meine Nutte, mein Eigentum behandelt ich wie es mir gefällt, oder mischen wir uns neuerdings in die Geschäfte der anderen ein?"

Boris geht noch einen Schritt näher auf Ralf zu, dieser geht aus Reflex ein Stück nach hinten. Boris brüllt ihn an.

„Bleib stehen, wenn ich auf dich zukomme, glaubst du, ich laufe jemanden wie dir hinterher? Du kannst froh sein, dass ich persönlich hier hingekommen bin, normalerweise würde ich meine Leute schicken."

Ralf steht wie angenagelt vor Boris und sagt und bewegt nichts mehr. Wie eine Statue steht er vor ihm. Boris kommt ein wenig näher und packt Ralf am Kragen, er flüstert ihm zu: „Es ist meine Hure! Du weißt, was passiert, wenn man sich an meinem Eigentum vergreift?"

Es ist von Ralf nur ein leises Wimmern zu hören.

„Es tut mir leid, ich wusste es nicht, ich wusste nicht, dass sie dir gehört!"

Boris holt aus und schlägt Ralf so hart ins Gesicht, dass er ein Stück durch die Luft fliegt, bevor er unsanft auf dem Boden aufklatscht. Er geht zu Ralf, zündet sich eine Zigarre an und zieht genüsslich an dieser.

Dann drückt auf Ralfs Handgelenk. Dabei bewegt er die glühende Zigarre so, dass eine Brandnarbe entsteht.

Ralf verzieht vor Schmerzen sein Gesicht. „Nicht das Todesmal, bitte, ich will leben."

„Bring deinen Scheiß in Ordnung, du hast noch acht Stunden!"

Ohne ein weiteres Wort steigt Boris in seine Limousine und fährt davon. Im Wagen nimmt Boris sein Handy und ruft eine Nummer an.

„Auftrag ist freigegeben, Ziel ist mit dem Mal markiert, 40000€ Belohnung."

Dann legt er wieder auf.

Am nächsten Abend steht die Limousine vor Simones Haus. Cindy hat sich ein Kleid von ihr geliehen. Eine Drehung nach rechts und eine nach links, Cindy ist mit dem Spiegelbild vor sich zufrieden.

„Ich danke dir, das Kleid passt super und es ist so elegant."

Simone lächelt ein wenig, aber muss durch die Schmerzen sofort das Gesicht verziehen.

Cindy läuft zu Simone. „Geht es wieder?"

„Simone schaut Cindy in die Augen.

„Ja und das war die Schmerzen wert. Du gehst auf das Date mit Boris. Du musst meinetwegen nicht hierbleiben, mir geht es schon besser. Außerdem machen wir uns nichts vor, absagen kannst du eh nicht."

„Ja, trotzdem ist es schön so zu tun, als sei man in der Lage dazu und das Date wäre freiwillig."

„Hab einfach einen schönen Abend, bei Boris wird dir nichts passieren, er ist zwar schon irgendwie angsteinflößend, aber er verletzt keine Frauen."

Cindy geht zur Wohnungstür und auch dieses Mal hält sie die Klinke kurz in ihrer Hand fest. Doch kann sie sich schon nach ein paar Sekunden dazu überwinden, diese runterzudrücken. Ihr Drang danach herauszubekommen, was womöglich bereits mit Ralf passiert war, ist einfach größer als jegliche Angst vor Boris. Auch ist es das erste Mal in Cindys Leben, dass sie ausgeht, oder ein richtiges Date hat.

Sie kommt aus der Haustür gelaufen und geht auf die hintere Tür der Limousine zu, welche schon vom Fahrer für sie aufgehalten wird. Sie schaut sich kurz um, erst jetzt merkt sie, wie die Menschen in den Gärten zu ihr und der Limousine rüberschauen.

Einen kurzen Moment fühlt sie sich wie ein Star. Sie schaut in die Limousine, aber keiner ist zu sehen.

„Ist Boris gar nicht da?"

„Er kommt direkt zu dem Restaurant, wo Sie mit ihm dinieren werden."

Sie steigt ein und setzt sich dorthin, wo Boris das letzte Mal gesessen hatte.

„Was für ein mächtiges Gefühl."

Der Fahrer startet den Motor und fährt los. Auf dem Schrank mit den Gläsern und Alkohol liegt ein Zettel.

„Meine Liebe, ich muss noch was Geschäftliches erledigen, geh, wenn ihr angekommen seid schon in das Restaurant. Der Kellner weiß Bescheid, sag ihm einfach deinen Namen. Er führt dich an unseren Tisch. Ich hoffe, der Idiot hat auch den besten Tisch reserviert. Bis nachher. PS: Ralf wird nie wieder ein Problem für euch sein."

Zeitgleich in der Stadt:

Piep Piep …

„Was ist das, mein Schatz?"

„Das ist nur mein Pieper, der eine Nachricht empfangen hat. Ich rufe da mal kurz an, ist. Ist nur die Arbeit."

„Denk dran, in drei Stunden kommen meine Eltern zu Besuch und ich will, dass du dieses Mal da bist."

„Ja, bin ich."

Felix schaut auf den Pieper.

„Auftrag 40000 €, nehmen Sie an?"

Felix nimmt sein Handy und gibt eine Nummer ein, diese wird er niemals im Handy speichern, er hat sie im Kopf. Der Anruf wird angenommen, aber es wird nicht ein Wort gesagt, am anderen Ende der Leitung ist es totenstill.

„Bestätige."

Mehr sagt auch Felix nicht.

„Heidelbergstraße 245, Ralf Pioski!"

Dann ist der Anruf zu Ende und Felix hört nur noch „Piep Piep Piep."

„Schatz ich muss kurz weg, bin in einer Stunde wieder da."

„Eine Stunde, nicht länger," antwortet seine Frau in einer Tonlage, welche eigentlich vermittelt: „Dein Arsch bleibt zu Hause!"

Felix geht in den Keller und schiebt in dem Raum, wo er seine Werkstatt eingerichtet hat, einen Schrank beiseite. Ein Wand-Safe ist zu sehen. Er öffnet ihn und holt einen schwarzen Aktenkoffer hervor. Auch dieser muss mit einem Code geöffnet werden. Er klappt ihn auf und zieht ein

Messer und zwei Pistolen hervor. Noch zwei Schalldämpfer und Munition.

„Dann mal wieder an die Arbeit."

Alles wieder verpackt und verschlossen. Er schiebt den Schrank wieder vor die Wand. Felix macht sich mit seinem Auto auf zu der Zieladresse. Dort angekommen, findet er tatsächlich Ralf in seinem Wohnzimmer sitzend vor, gerade eine Pizza zu sich nehmend.

„Guten Abend, Ihr Türschloss ist kaputt."

Ralf dreht sich um und sieht den Mann in einem schwarzen Anzug hinter sich stehen.

„Sind Sie hier, um mich umzubringen?"

„Ja."

„Darf ich meine Pizza aufessen?"

„Salami, Peperoni, das macht doch Sodbrennen."

Ralf schaut ihn an.

„Da werde ich wohl dieses Mal keine Probleme haben."

Felix muss lachen.

„Stimmt, dann essen Sie die Pizza zu Ende, aber ich muss hier in zwanzig Minuten fertig sein." Ralf nimmt das nächste Stück der Pizza und isst dieses genüsslich zu Ende. Als er den letzten Bissen heruntergeschluckt hat, schießt Felix ihm von hinten, mit beiden Pistolen durch den Schädel. Er hat die Pistolen so angesetzt, dass die

Kugeln genau durch die Augen heraustreten. Ralf sackt wie ein nasser Sack Kartoffeln in sich zusammen. Felix sammelt die Spuren von seinem Besuch auf und legt zwei Münzen, auf die stellen, wo mal Ralfs Augen waren.

„Oh Mann, ich komme gut zehn Minuten zu spät, die wird mir wieder die Hölle heiß machen."

Er nimmt sein Handy und ruft die Nummer an.

„Auftrag beendet."

„Ihr Geld wurde soeben überwiesen."

Felix geht ein Grinsen über seine Lippen.

„Das war es wert."

Boris ist auf dem Weg zu dem Restaurant, in dem Cindy auf ihn wartet. Sein Handy empfängt, eine Nachricht: „Auftrag abgeschlossen."

„Perfekt, ein wirklich schneller Service."

KAPITEL 6

DINNER MIT BORIS

Im Restaurant angekommen, wird Cindy zu dem besten Tisch geführt. Alles was Cindy in diesem Lokal sieht, ist für sie eine andere Welt. Einfach nur edel, alles ist golden, oder silber. Sie ist total geblendet. Die Menschen haben teure Anzüge und Kleider an. Die Musik kennt sie, das ist klassische Musik. Diese hören nur sehr reiche Menschen. Cindy merkt mehr und mehr, dass Sie hier auffällt. Goldene Kronleuchter hängen an der Decke und statt Stühlen stehen Cocktailsessel an den Tischen. Die Kellner haben weiße Hemden mit schwarzen Westen an. Der Kellner schiebt Cindy den Sessel zurecht und sie setzt sich an den Tisch. Sie fühlt sich wie eine Prinzessin.

„Ihre Begleitung kommt ein wenig später?", möchte der Kellner wissen.

„Ja, er wird aber bald da sein."

„Möchten Madame schon etwas trinken?"

„Ja, ich hätte gerne eine Cola."

Der Kellner nickt und geht in Richtung der Theke.

„Verdammt, in so einem edlen Laden bestellt man bestimmt keine Cola."

Cindy merkt jetzt, wie fehl am Platz sie hier eigentlich ist. Als sie dem Kellner hinterherschaut, sieht sie schon, wie Boris das Restaurant betritt. Er ist passend gekleidet, aber seine Erscheinung lässt auch die Menschen in dem Raum zu ihm aufschauen. Sofort fühlt sie sich wohler und nicht mehr so allein. Kurz muss sie lächeln, doch dann fällt ihr wieder ein, was für ein Mensch er ist.

Plötzlich schießt ihr der Gedanke durch den Kopf, dass sie Boris erst ein einziges Mal gesehen hat und gar nicht weiß, was er für ein Mensch ist. Trotzdem hat sie sich sofort an ihn gewandt, als sie Angst hatte und er hat ihr sofort ohne ein Zögern geholfen.

„Hallo, meine Schöne, ich hoffe, du musstest nicht zu lange warten."

Seine tiefe männliche Stimme geht ihr durch den ganzen Körper.

„Nein, gar nicht, ich bin auch gerade erst angekommen."

Er setzt sich zu ihr und der Kellner kommt sofort zum Tisch der beiden.

„Der Herr, was darf ich Ihnen bringen?"

„Scotch."

Der Kellner nickt kurz und läuft wieder in Richtung der Theke.

Boris schaut Cindy eindringlich an.

„Ralf aus dem Weg zu räumen, hat mich ein stolzes Sümmchen gekostet. Es ist wohl klar, dass ich dafür eine Gegenleistung bekomme!“

Cindys Angst vor dem Ungewissen kehrt schlagartig wieder zurück.

„Ja, was verlangst du dafür?“

„Du wirst ein paar Monate in meinem Bordell arbeiten. Es wird dir nichts Schlimmes geschehen, immerhin bist du die widerlichen Typen vom Straßenstrich gewöhnt.“

„Ich denke, eine Wahl habe ich nicht, oder darf ich das ablehnen?“

Sie würde diese Worte am liebsten einfangen und wieder in ihren Mund stecken. Boris schlägt auf den Tisch und der Knall hallt durch das ganze Restaurant. Alle Menschen, welche sich dort befinden, schauen zu den beiden rüber. Boris fängt laut an zu lachen. Cindy weiß nicht, ob dieser Hohn besser ist, als dass er wütend über ihre Aussage ist.

„Mädchen, aber natürlich hast du nicht die Möglichkeit, nein zu sagen. Was denkst du, warum ich dir sofort geholfen habe? Ich konnte zwei Fliegen auf einmal erledigen. Einmal dich in meine Dienste stellen, ohne dass du nein sagen kannst, weil du mir was schuldest und Ralf eliminieren, welcher zwar keine Konkurrenz darstellt, aber ein paar Kunden werden jetzt wohl mehr zu mir kommen, weil sie deinen süßen Körper genießen wollen."

Cindy wird schlagartig klar, dass sie bei Boris einem Irrtum erlegen ist.

„Warum ich?"

„Weil du jung bist und da stehen die Männer drauf."

Cindy nimmt die Speisekarte vom Tisch und schaut ohne ein weiteres Wort hinein. Der Kellner kommt zum Tisch zurück und stellt Boris sein Getränk hin.

„Möchten die Herrschaften bestellen?"

„Ich möchte Hummer und Kaviar, eine Flasche ihres besten Champagners und später das Mousse au Chocolat mit Blattgold."

Der Kellner nickt ihr zu.

„Sie, der Herr?"

Nummer einhunderteinundzwanzig."

„Das Steak Medium, der Herr?"

„Ja."

Cindy schaut Boris mit einem schelmischen Grinsen an, als der Kellner vom Tisch gegangen ist.

„Ich denke, dass meine kleine Bestellung für dich kein Problem darstellt, oder?"

„Nein, das ist Klimpergeld im Vergleich zu dem, was du einbringen wirst."

Wieder lacht Boris laut. Doch dieses Mal schauen die Menschen nicht vom Teller hoch.

„Ich hatte angefangen etwas Gutes in dir zu sehen, aber ich habe mich wohl getäuscht."

Boris antwortet nicht auf Cindys Worte. Das Essen wird gebracht und beide Speisen ohne großartig zu reden.

„Du wirst morgen um zehn Uhr abgeholt. Du wohnst ab jetzt in dem Haus, welches ich für meine Sexarbeiterinnen gekauft habe. Morgen Abend ist deine erste Schicht." Nach den Worten und ohne eine Antwort von Cindy abzuwarten, steht Boris auf und bezahlt an der Theke. Ohne sich zu verabschieden, hat er das Restaurant verlassen. Cindy sitzt alleingelassen am Tisch und fühlt sich wie auf dem Präsentierteller. Die Menschen schauen sie an und wenn sie hinüberschaut, sehen diese schnell wieder auf ihre Teller. Der Kellner bringt ihren Nachtisch. Sie versucht, mit so viel Würde wie ihr möglich ist, das Dessert zu essen. Aber schon nach einem Löffel steht sie auf und verlässt das Restaurant. Keine Limousine oder ein Wagen der auf sie wartet, kein Gefühl einer Königin mehr.

Alles ist verflogen, zurück bleibt wieder nur das Gefühl und die Erkenntnis, dass sie ganz allein auf dieser Erde ist.

Sie überquert die Straße vor dem Restaurant und stellt sich an die Bushaltestelle. Ein Glück muss sie nicht lange warten und der Bus hält vor ihr an. Beim Einsteigen lächelt sie den Busfahrer an und meint beiläufig zu ihm „Wenigstes auf Sie ist Verlass."

Der Busfahrer lächelt zurück. Um den anderen Menschen aus dem Weg zu gehen, setzt sie sich dieses Mal direkt ganz hinten im Bus auf die Sitze.

„Was habe ich mich in Boris getäuscht. Simone hatte recht, dass er nichts ohne Gegenleistung macht."

Auch wenn Simone ihr nichts getan hat, will sie lieber ins Motel und eine Weile für sich sein. Cindy betritt ihr Zimmer und geht direkt zum Bett.

„Was ist das?"

Sie nimmt einen Zettel von ihrem Kopfkissen und liest die Zeilen

„Du schuldest mir 40.000 Euro. Du wirst diese Schuld abarbeiten. Denk dran, morgen um zehn Uhr stehst du mit deinen gepackten Sachen vorm Motel. Ich bin kein Mensch, zu dem man Nein sagt."

Ein unangenehmes Gefühl von Beklemmung macht sich in Cindy breit. Sie zittert am ganzen Körper und ihre Augen werden feucht.

„Verdammt, was soll ich nur machen?“

Sie nimmt ihr Handy und ruft Simone an.

„Simone, ich habe ein großes Problem.“

„Was ist denn passiert?“

„Er will, dass ich in seinem Bordell die Schuld abarbeite.“

„Welche Schuld meint er denn?“

„Dass er Ralf für uns getötet hat und er sagt, das hat 40.000 Euro gekostet.“

Am anderen Ende ist es ruhig. Nur noch das Atmen von Simone ist zu hören.

„Cindy, ich glaube hier im Haus ist jemand.“

Simone fängt immer lauter und hektischer an zu atmen.

„Simone, was ist da los bei dir?“

Laufgeräusche, Atmen ist zu hören - dann ein lauter Schrei. Simone schreit um Hilfe. Ein Knall und noch mehr Geschrei

„Simone, Simone bitte antworte, was ist los, geht es dir gut?!“

„Hier ist nicht Simone, sie ist gerade und auf Dauer verhindert. Tu, was man dir aufgetragen hat, sonst bist du die nächste.“

Der Anruf wird beendet. Cindy steht noch immer, mit dem Handy am Ohr, in ihrem Zimmer. Zu hören ist nur noch „Piep Piep Piep.“

„Oh mein Gott, sie wurde getötet. Was soll ich jetzt machen?“

Cindy schnappt sich ihre Jacke und stürmt zur Tür raus. Die Treppe runter und raus aus dem Motel. Sie winkt ein Taxi zu sich. Das Taxi hält vor ihr an, Tür auf und rein. Panisch sagt sie zum Fahrer, wo er sie hinbringen soll.

„Ich muss zu Simone", das ist ihr einziger Gedanke. Der Fahrer fährt sie, ohne eine weitere Frage zu stellen, zu der genannten Adresse. Angekommen, überreicht Cindy dem Fahrer einen einhundert Euro-Schein und steigt aus. Der Fahrer bleibt mit einem verblüfften Gesichtsausdruck zurück. Es waren sechzig Euro Trinkgeld, so viel hat er noch nie bekommen.

Cindy läuft zu der Haustür und sieht, dass diese offen steht. Kurz bleibt sie davorstehen, ihr Atem wird immer schneller und sie spürt die starken Schläge ihres Herzens bis zu ihrem Hals pulsieren.

„Oh, bitte sei nicht tot, bitte sei nicht tot."

Wie ein Mantra wiederholt sie die Worte noch beim Hineingehen. Sie steht im Flur und sieht die eine Hand am Boden, zwischen dem Türrahmen von Simones Küche und dem Flur ausgestreckt, als wolle diese flüchten. Sie geht ein paar Schritte näher und sieht den Arm und dann Simones ganzen Körper.

Cindy läuft zu ihr und kniet sich auf den Boden neben den leblosen Körper. Simones Kopf ist von ihren Haaren verdeckt. Cindy streicht diese zur Seite und sieht, dass davon ihre Hand voll mit Blut verschmiert ist.

„Oh nein, was haben die mit dir gemacht?"

Zögerlich dreht sie den Kopf von Simone so zur Seite, dass sie in ihr Gesicht schauen kann. Das ganze Gesicht wurde mit einem Messer in Fetzen zerschnitten. Der Ausdruck ihres Gesichts zeigt, dass sie dabei gelebt hat und all diese Schmerzen durchstehen musste.

Cindy beugt sich über Simone und versucht diese in ihre Arme zu schließen. Dabei färbt sich auch ihre Kleidung von dem ganzen Blut rot. Ein Blick auf den Brustbereich zeigt, dass unzählige Male auf sie eingestochen wurde.

„All das ist dir nur passiert, weil ich dich angesprochen habe, ich bin schuld an deinem Tod."

Sie geht ins Bad und reinigt ihre Kleidung.

„Ich muss die Polizei rufen, aber wie erkläre ich das alles? Die finden jetzt meine Fingerabdrücke auf ihr. Wenn es Boris Leute waren, werden die mich auch töten, wenn ich die Polizei rufe."

Cindy schaut die Schränke bei Simone im Badezimmer durch, eine Flasche mit Bleichmittel und eine Flasche Desinfektionsmittel hat sie in den Schränken gefunden.

„Es ist wirklich schlimm, aber es muss nicht der Polizei in die Hände fallen."

Cindy geht ins Schlafzimmer, im Kleiderschrank hat Simone immer fünftausend Euro versteckt, falls sie mal schnell flüchten muss. Cindy nimmt das Geld und zieht sich Handschuhe an. Dann kippt sie das Bleichmittel über Simone und hofft so ihre Spuren zu vernichten.

„Traurig ist, dass die Polizei jetzt auch von dem Killer, der ihr das angetan hat, keine Spuren mehr findet. Sie kippt über alles, was sie eben angefasst hatte, das Desinfektionsmittel und wischt mit einem Handtuch die Stellen sauber. Kurz bevor sie aus der Haustür gehen will, schaut sie noch einmal zu Simone.

„Ich danke dir, du warst die erste wirkliche Freundin für mich, es tut mir so unendlich leid." Wieder wollen Tränen über ihr Gesicht fließen, aber dieses Mal lässt sie es nicht zu.

„Ich muss jetzt normal aussehen."

Sie geht aus dem Haus und schließt die Tür hinter sich.

KAPITEL 7

DAS WIEDERSEHEN

Im Motel angekommen, beugt Cindy sich ihrem Schicksal und packt ihre Sachen zusammen. Die Angst vor dem Ungewissen macht sie verrückt. Auch kann eine heiße Dusche dieses Mal ihre Laune nicht anheben, daher entschließt sie sich früh ins Bett zu gehen. Doch die Nacht hat sich gezogen wie Kaugummi. Sie findet einfach keinen Schlaf. Immer wieder kommt ihr der Gedanke: „Soll ich zur Polizei gehen?"

Jedes Mal, wenn sie ihre Augen schließt, sieht sie das tote Gesicht von Simone.

„Die können mich nicht beschützen! Ich muss tun, was Boris will. Sonst bin ich die nächste."

Dieser Gedanke lässt sie so verzweifeln, dass sie nicht mehr aufhören kann zu weinen. Alle Muskeln in ihrem Gesicht verkrampfen sich und sie zittert am ganzen Körper. Am nächsten Morgen und dem ersten Blick in den Spiegel erschreckt sie sich.

„Oh Mann, ich habe total verquollene Augen."

Es sind nur noch zwei Stunden, dann wird sie abgeholt. Abgeholt in die Zwangsarbeit als Hure.

Wieder treibt ihr der Gedanke einen kalten Schauer über ihren Rücken. Mit einer Dusche und Schminke sieht sie schon fast wieder normal aus. Ihr Handy klingelt. Zögerlich nimmt sie es in die Hand und drückt auf den grünen Hörer.

„Hallo."

Doch keiner antwortet.

Sie versucht es noch einmal: „Hallo wer ist da?"

„Verlass dein Zimmer und geh die Treppe hinunter, nimm dein Zeug mit und steig in das Auto, welches vor dem Motel steht!"

Als sie versucht noch was zu sagen, wird am anderen Ende schon aufgelegt. Das Zittern wird immer schlimmer und so fällt ihr sogar ihre Tasche dreimal aus ihrer Hand, bei dem Versuch diese vom Stuhl zu nehmen.

Dieses Mal drückt sie die Türklinke sofort hinunter. Sie weiß, wenn sie darüber nachdenkt, würde sie die Polizei rufen und sich in ihrem Zimmer verstecken, bis diese da ist, um ihr zu helfen.

Die Treppe hinter sich gelassen, gibt sie ihren Zimmerschlüssel bei der Rezeption ab. Der Mann, welcher den Schlüssen entgegennimmt, rechnet noch die letzten vier Tage mit Cindy ab.

„Ich weiß, es geht mich nichts an, aber sind Sie in Ordnung? Sie sehen aus als hätten sie vor irgendwas Angst?“

Cindys Gedanken drehen sich in ihrem Kopf im Kreis, ihr Magen dreht sich und ihr wird immer schlechter.

„Bitte helfen Sie mir!“

Cindys Beine werden weich und sie fällt vor dem Tresen zu Boden. „Fräulein, hallo, was ist denn los?“ Der Mann läuft um den Tresen und kniet sich zu ihr.

Nach mehrmaligem Rütteln an ihr wird Cindy wach.

„Soll ich den Rettungsdienst für Sie anrufen?“ „Nein, es geht schon.“

Dem Mann ist das alles nicht geheuer und er verständigt den Rettungsdienst und die Polizei. Nach fünf Minuten ist schon ein Streifenwagen vorgefahren. Die Polizisten steigen aus dem Auto und sofort fährt der schwarze Wagen vor dem Motel davon. Er hat Cindy zu sich hinter den Tresen geholt und ihr ein Glas Cola gegeben.

„Hey, ich bin Nico, wie ist denn dein Name?“

Sie versucht ihm zu antworten, doch kommt nur ein leises „Cindy, mein Name ist Cindy, aber ich muss jetzt los.“

Bei dem Gedanken wird Cindy unruhig und versucht aufzustehen.

„Man wartet auf mich und wenn ich nicht komme, wird das Konsequenzen haben."

Nico fasst ihr an den Arm und hält sie fest: „Bleib hier, du fällst nach ein paar Schritten sofort wieder hin. Du solltest dich wirklich erstmal ein wenig ausruhen."

Cindy reißt sich von seinem Griff los und versucht wegzurennen. Doch sofort wird ihr schwarz vor Augen und sie bricht noch bevor sie den Tresen umrundet hat zusammen. Nico springt in dem Moment auf und kann gerade noch ihren Kopf mit seinen Händen schützen, sodass ihr dieser nicht auf den Boden knallt. Zeitgleich kommen die beiden Polizisten in das Motel. „Wer hat uns gerufen?!", brüllt einer der beiden in den Raum.

„Hier ich", kommt ziemlich kleinlaut hinter dem Tresen hervor. Nico winkt wie wild mit seinem Arm, um zu verdeutlichen, wo die Polizisten hinkommen sollen. Die beiden Beamten gehen zu Nico hinter den Tresen und sehen den fast leblosen Körper von Cindy auf dem Boden liegen. Einer der beiden kniet sich zu ihr auf den Boden und versucht sie wach zu kriegen. Er schüttelt sie leicht an den Schultern und setzt am Schlüsselbein einen Schmerzgriff ein. Cindy öffnet halb ihre Augen und schaut dem Polizisten ins Gesicht.

„Oh nein, bitte nicht, jetzt haben die mich doch erwischt …“

„Wie erwischt, was haben Sie denn getan, dass sie erwischt werden?“

Cindy verdreht wieder die Augen und schläft ein.

„Ruf einen Krankenwagen!“

Ingo, der zweite Polizist, welcher hinter seinem Kollegen stehen geblieben ist, nimmt das Funkgerät und bittet um einen Krankenwagen und Notarzt.

Ein paar Minuten vergehen, während Nico den beiden den Sachverhalt erklärt, bis drei in rot gekleidete Personen in den Vorraum des Motels kommen.

„Rettungsdienst! Wo ist die Patientin?“

Wieder ist es Nico, der hinter dem Tresen mit seinen Armen fuchtelt, bis die drei ihm signalisieren, dass diese begriffen haben, wo sie hinmüssen.

„Was liegt vor?“

Ingo, der Polizist erklärt dem Rettungsdienst, dass die junge Frau kurz wach geworden war und ein weiteres Wachbekommen, trotz Schmerzreiz nicht möglich war.

„Alles klar, wir übernehmen jetzt!“

Nach der Ansage sind Nico und auch die beiden Polizisten zur Seite getreten und der Rettungsdienst, samt Notärztin beginnen ihre Arbeit.

Die Notärztin bittet die beiden Herren vom Rettungsdienst darum, die Trage zu holen. Diese stehen auf und folgen den Anweisungen der Ärztin. Samt Trage kehren diese nach keinen zwei Minuten zurück.

Cindy wird auf der Trage platziert und zum Rettungswagen gebracht. Während der Fahrt ins Krankenhaus wird Cindy wach und sieht dem Sanitäter ins Gesicht.

„Ich kenne dich! Du hast mich sitzen lassen. Du bist nicht wieder zu mir zurückgekommen."

Der Sanitäter schaut Cindy fragend an, aber diese ist schon wieder in die Bewusstlosigkeit zurückgefallen.

„Na Herr Kollege, ist das eine, welche Sie haben sitzen lassen? Ist aber nicht schön Ihr Verhalten." Die Notärztin lacht ein wenig und geht dann ihrer Arbeit weiter nach. Dem Sanitäter lässt die Aussage keine Ruhe.

„Oh Mann, ich weiß jetzt wer sie ist. Vor drei Jahren haben wir ihre Mutter in die Psychiatrie gebracht und ich hatte ihr versprochen wieder zurückzukommen."

„Warum habt ihr es nicht gemacht?"

„Wir hatten einen Unfall, nachdem wir die Mutter abgeliefert hatten.“

„Ah, der schwere Dienstunfall, wo ein LKW in euch reingerast war?“

„Ja genau, wo Achim gestorben ist und ich gut einen Monat im Krankenhaus behandelt wurde.“

Er schaut Cindy weiter an und nimmt ihre Hand. „Sie sieht aus, als sei sie, ich will es gar nicht sagen.“

„Ja sie sieht aus wie eine Nutte, sorry, aber anders kann man diese Kleidung nicht zuordnenden.“

„Mir fällt ein, dass wir nicht mal, wie angekündigt, das Jugendamt verständigt hatten, sie hat vergebens auf Hilfe gewartet.“

Im Krankenhaus angekommen, wird Cindy untersucht und zur weiteren Betreuung auf ein Krankenzimmer gebracht.

Luis, welcher von Boris den Auftrag bekommen hatte, Cindy vom Motel abzuholen und in sein Bordell für Spezialkunden zu bringen, fährt mit dem Wagen vor.

Boris kommt zu der Beifahrertür und sieht das Cindy nicht im Wagen sitzt.

„VERDAMMT, WO IST DIE HURE!?“

„Chee-efffeee Chefe em em em, sie ist nicht da!“

In dem Moment bekommt Luis von ihm die Faust in den Magen gerammt, er krümmt sich kurz und fällt zu Boden.

„Glaubst du, Vollidiot, ich habe keine Augen im Kopf? Ich sehe, dass sie nicht da ist, aber wo ist sie?"

Luis, versucht sich wieder vom Boden zu erheben, doch Boris drückt ihn mit seinem Fuß wieder zu Boden.

„Die Bullen sind beim Motel angekommen, ich musste da weg."

„Du Klappspaten, die Hure hat heute Nachmittag ihren ersten Kunden. Der verlangt was junges und straffes, er hat extra mehr bezahlt, damit er sie auch schlagen darf! Willst du ihm erklären, dass er sein Viagra umsonst gefressen hat?"

„Nein Boss, abbbber was solllllen wir machen."

„Du machst nichts, ich kann dein Gestotter nicht mehr ertragen, fahr zum Lager und hilf bei den Packarbeiten."

Boris steigt verärgert in das Auto und fährt zu dem Motel. In der Lobby geht er direkt und bedrohlich auf Nico zu, welcher am Tresen steht.

„Hast du Wicht das heute Morgen mitbekommen?"

Nico überlegt kurz und entschließt sich nichts wegen der Beleidigung zu sagen.

„Ja habe ich, warum fragen Sie?"

Boris packt Nico am Kragen und zieht seinen schmächtigen Körper über den Tresen.

Nico schwebt über dem Boden, nicht mal seine Schuhspitzen berühren den Boden.

„Was wollen Sie von mir?"

„Ich könnte dir jetzt sagen, ich bin ihr besorgter Vater und muss wissen wie es meinem Engel geht. Doch habe ich da keine Lust drauf. Ich denke, du stehst darauf weiterleben zu dürfen, oder?"

„Ehm ja, klar", antwortet Nico, noch immer in dem Griff von Boris gefangen und schwebend über dem Boden.

„Gut, braver Junge, ich bin ihr Zuhälter und ich will wissen, wo die meine Nutte hingebracht haben!"

Nico schaut Boris an und antwortet: „Ins Marienhospital."

Ohne ein Wort schleudert er Nico über den Tresen. Dieser knallt unsanft gegen die Wand hinter dem Tresen und fällt zu Boden.

Schmerzen durchdringen ihn, doch lässt er keinen Ton aus sich heraus, bis der bedrohliche Mann das Motel verlassen hat. Boris steigt wieder in seinen Wagen und fährt zum Krankenhaus. Björn hat sich den Rest der Schicht von einem Kollegen vertreten lassen.

Er sitzt an Cindys Bett und wartet, dass sie aufwacht. Boris betritt das Krankenhaus, er geht auf eine Pflegerin zu, die grade über den Flur läuft.

„Hey, ich muss Sie was fragen."

Die Pflegerin geht auf Boris zu und steht vor diesem großen Mann, an dem sie automatisch hochschauen muss, um ihm ins Gesicht blicken zu können.

„Was wollen Sie wissen?"

„Heute Morgen ist eine hier eingeliefert worden, wo ist die?"

„Eine? Wen meinen Sie?"

„Sie ist siebzehn Jahre alt, sie ist meine Nu-, ehm Tochter. Ich will sehen, ob es ihr gut geht, sie heißt Cindy!"

Die Pflegerin merkt an seiner Art, dass er auf jeden Fall nicht der Vater ist.

„Moment, ich schaue nach, warten Sie hier."

Sie geht in Richtung des Schwesternzimmers, doch Boris folgt ihr. Er packt sie am Arm und zieht sie zu sich.

„Sie müssen nicht denken, dass ich bescheuert bin, Sie sagen mir jetzt wo die kleine Nutte ist und dann nehme ich sie mit."

„Nein, das machen sie nicht, HILFE!!!", schreit die Pflegerin über den Flur. Ein Arzt kommt zu den beiden gelaufen und fragt „Was ist los?!"

„Rufen Sie den Sicherheitsdienst!"

Boris packt nun auch den Arzt und haut ihm auf den Kopf, dieser fällt zu Boden. Er zerrt die Pflegerin in eine Ecke, wo keiner sieht, was los ist.

„So, Püppchen, das hast du jetzt selbst zu verantworten, wo ist sie?!"

Dabei hält er der Frau ein Messer an den Hals.

„Zimmer 115."

Er lässt sie los und schlägt auch sie bewusstlos. Dann macht er sich auf zu dem Zimmer 115. Er reißt die Tür auf und sieht den Sanitäter am Bett sitzen.

Der Sanitäter sieht, dass Boris ein Messer in der Hand hat und springt vom Stuhl auf. Er schnappt sich den Infusionsständer und hält diesen bedrohend in die Richtung von Boris.

„Das werden Sie und auch die kleine Nutte bereuen, ich komme wieder."

Boris kann verschwinden, bevor der Sicherheitsdienst in Cindys Zimmer angekommen ist. Cindy wird bei dem ganzen Krach wach und schaut sich im Zimmer um. Sie sieht den Sanitäter.

„Es ist alles gut.", hört sie mit einer so beruhigenden Männerstimme, dass sie direkt wieder ihre Augen schließt. Der Sanitäter, die Pflegerin und der Arzt reden mit dem Sicherheitsdienst. Währenddessen wacht Cindy auf und hört zu, was über den Vorfall gesprochen wird. Sie versucht alles mitzuhören, aber sie hört nur noch die Worte: „Wir verständigen jetzt umgehend die Polizei."

„Was ist hier los?", will Cindy wissen.

Der Sanitäter kommt zu ihr ans Bett und setzt sich wieder auf den Stuhl.

„Schön, dass du wach geworden bist. Hier war ganz schön was los. Ein wirklich bedrohlicher Mann wollte dich hier wegholen, doch alle haben sich ihm in den weggestellt und er ist jetzt weg."

Cindy ist sofort klar, dass er Boris meint, wenn sie noch ein wenig Farbe im Gesicht gehabt hätte, wäre diese jetzt in diesem Moment auch noch weg gewesen. Ihr steht die pure Angst ins Gesicht geschrieben.

„Hey, keine Angst, ich passe auf dich auf."

Cindy schaut ihn an und sieht, dass es der Sanitäter ist.

„Sie waren bei mir in der Wohnung, Sie sind nicht zurückgekommen, keiner ist gekommen!"

Cindys Augen werden von Tränen gefüllt, einige der Tränen laufen ihr das Gesicht herunter und fallen von ihren Wangen auf das Bettlaken. Er streicht mit seiner Hand über ihr Gesicht und wiederholt die Worte „Du bist hier sicher und ich bleibe bei dir."

Cindy wird ruhiger und auch ihre Tränen werden weniger. Nun setzt er sich wieder an ihr Bett.

„Ja, das stimmt, aber lass mich erklären. Ach und mein Name ist Björn, lassen wir doch das Sie sein."

Cindy nimmt es gern an. Dass sie ihn mit seinem Vornamen ansprechen darf, bringt sie fast in die kindliche Verlegenheit zurück, wie es bei ihrem ersten Aufeinandertreffen gewesen war. Sie merkt, dass ihr Gesicht ganz warm wird. Er erzählt ihr von dem Unfall und dass er, durch den Tod seines Kollegen, alles vergessen hatte. Er entschuldigt sich, dass er sie im Stich gelassen hatte.

„Wie hast du dich versorgt und wie ist es dir ergangen, du warst doch nicht die ganze Zeit alleine oder?"

Cindy erzählt ihm alles.

„Ich bin einige Tage in der Wohnung geblieben. Solange meine Mutter in der Psychiatrie war, wurde die Sozialhilfe von ihr auf das Konto gezahlt, wo ich Zugriff hatte, aber irgendwann sind keine Gelder mehr eingezahlt worden. Ab dem Tag musste ich hungern. Ein Nachbar hat mich dann mit Essen und Trinken versorgt, doch begann so auch für mich die Welt „Sex für Geld". Er versorgte mich und ich musste ihm täglich an mich ran lassen."

Björn sieht man an, dass sein schlechtes Gewissen immer größer wird.

„Hätte ich nur mein Versprechen gehalten, dann wäre alles anders gekommen und du hättest diese schlimmen Erfahrungen nicht durchmachen müssen."

Cindy schaut ihm in seine blauen Augen

„Björn, es ist nicht deine Schuld, es ist die Schuld meiner Mutter und die Schuld aller, die anderen nur Schlechtes wollen." Björn schaut nun auch in Cindys Augen.

„Deine grünen Augen sind so wunderschön!" Cindy kommt ein wenig näher an sein Gesicht, beide schauen sich weiter tief in die Augen und ihre Lippen berühren sich leicht. Keiner wagt für einen kleinen Moment sich weiter zu trauen, bis Björn seine Lippen auf ihre legt und auch Cindy sich nicht mehr zurückhalten kann.

Sie merkt, wie ihr Herz pocht und die Wärme, welche sie eben noch im Gesicht gespürt hat, verteilt sich auf ihren ganzen Körper. Björn umfasst ihre Hüfte und zieht ihren schmalen Körper an sich heran. Sie küssen sich weiter, ohne dass einer von den beiden seine Augen schließt, sie schauen sich immer weiter gegenseitig in die Augen.

Cindy legt ihre Arme um seinen Hals, Björn setzt sich auf die Bettkante und Cindy lehnt sich an ihn. Beide halten sich einfach nur fest. Sie dreht plötzlich ihren Kopf zur Seite und eine Flut aus Gefühlen übermannt sie, sie kann nicht mehr aufhören zu weinen.

Erschrocken fragt Björn: „Habe ich etwas falsch gemacht?"

Sie antwortet, mit dem Blick weiter zum Boden gerichtet: „Nein, du hast alles richtig gemacht, aber ich kenne es nicht, dass mir körperliche Nähe auch gefallen kann, dass sich jemand wirklich für mich interessiert und nicht nur an mir herumgrabscht."

Björn nimmt ihre zarten Hände in seine starken Hände und streichelt mit seinen Daumen über ihre Finger.

„Ich sehe dich und ich will ab jetzt für dich da sein!"

Cindy treffen diese Worte wie ein Messer ins Herz. Gedanken schießen ihr durch den Kopf.

„Meint er es wirklich ernst, will er mich wirklich, oder will er mich nur ficken und wie Dreck fallenlassen?"

Die Fragen, welche sie sich nicht aufhört selbst zu stellen, werden unterbrochen.

„Du hast alle Zeit der Welt, ich dränge dich nicht." Cindy schaut ihn an und ohne ein weiteres Wort küsst sie ihn weiter und dieses Mal wilder. Er erwidert den Kuss. Sie steigt auf seinen Schoß und öffnet seine Hose.

„Cindy, willst du das wirklich? Wir können warten." „Worauf? Ja, ich will es, mach dir keine Sorgen." Cindy war nun fest entschlossen, sie will wissen wie es ist, Sex zu haben und keinen Ekel, oder Scham und Schmerzen zu empfinden.

Sie hat die Hose von Björn geöffnet und holt seinen Penis hervor. Sie umfasst ihn und merkt, dass er noch größer und härter in ihrer Hand wird, als er schon ist. Sie führt ihr Becken, das von dem Krankenhemd verdeckt ist über seinen steifen Schwanz, dabei drückt sie ihr Becken herunter und kann sich ein Stöhnen, als sein Penis durch ihre Bewegung in sie eindringt, nicht verkneifen. Björn geht es genauso und sie küssen sich noch wilder. Fest umschlungen fängt Cindy an, ihren Körper rhythmisch auf Björns Schoß rauf und runter zu bewegen. Björn ist so aufgegeilt, dass er sich schon nach einer kurzen Zeit aufbäumt und mit einem schon fast zu lauten Stöhnen in Cindy ergießt.

„Oh Gott, du bist der Wahnsinn!"

Cindy ist gnadenlos und reitet seinen Schwanz weiter, welcher immer noch steif in ihrer Scheide steckt. Auch sie stöhnt zunehmend lauter und kommt zu dem besten Orgasmus, welchen sie jemals erlebt hat. Keuchend sagt sie: „Björn, du warst jetzt mein erster wirklicher Sex!"

Erst jetzt bemerken die beiden, dass die Pflegerin im Türrahmen des Zimmers steht. Sie schaut die beiden mit geöffnetem Mund an und fragt: „Fertig?"

Beide müssen darauf anfangen, gemeinsam zu lachen.

Cindy muss noch drei Tage im Krankenhaus bleiben und Björn kommt täglich zu ihr. Von Boris hört und sieht man in der nächsten Zeit nichts.

KAPITEL 8

DER TAG DER ENTLASSUNG

„Heute ist es so weit, Sie haben sich wieder gut erholt und können heute nach Hause."

Cindy muss bei den Worten, die der Arzt beim Entlassungsgespräch sagt darüber nachdenken: „Welches Zuhause? Ich habe kein Zuhause und wenn ich hier raus bin, was mache ich dann? Auf den Strich kann ich nicht mehr, da findet Boris mich sofort." Diese Gedanken umschlingen Cindy und lassen sie nicht mehr los, sie bekommt nicht mal mehr mit, dass der Arzt sich von ihr verabschiedet und das Zimmer verlässt. Sie merkt, wie ihre Angst immer größer wird und ihre Hände anfangen zu zittern. Sie schließt ihre Augen und wünscht sich so sehr, dass es vorbei ist, dass sie vor Boris keine Angst mehr haben muss, dass sie auch ein schönes und sicheres Leben verdient hat.

„Ahhh!" Sie erschreckt sich, und öffnet ihre Augen. Björn sitzt auf ihrem Krankenbett vor ihr und hat seine Hände um ihre gelegt und hält ihre Hände fest in den seinen.

„Schatz, was ist los, du zitterst?"

Cindy schaut ihn noch immer vor Schreck erstarrt an.

„Wo kommst du denn jetzt plötzlich her?“

„Als der Arzt nach der Visite bei dir das Zimmer verlassen hat, bin ich hereingekommen.“

„Entschuldige, ich habe nicht mal gemerkt, dass der Arzt das Zimmer verlassen hat. Ich soll heute entlassen werden.“

„Das ist doch eine gute Nachricht.“

„Wo soll ich denn hin? Wegen Boris kann ich nicht mal mehr Geld verdienen, wenn ich auf den Strich gehe, findet er mich sofort.“

Björn schaut sie verwundert an.

„Natürlich kommst du mit zu mir und wohnst bei mir, ich sagte doch ich passe auf dich auf!“

Cindy schüttelt den Kopf.

„Nein, ich will nicht, dass dir was passiert und wenn ich zu dir komme, wird dir was passieren. Er ist ein Mörder und wird auch vor dir nicht Halt machen. Das Beste ist ich gehe zu ihm und lasse mich von ihm in seinen Puff stecken, so passiert nur mir was aber meinetwegen keinem anderen.“

Björn hält ihre Hände noch ein wenig fester. „Nein, du bleibst bei mir, ich habe einen Schäferhund, eine gute Alarmanlage und werde mir eine Pistole besorgen.“

„Ich versaue dein ganzes Leben, du bist ohne mich besser dran."

„Aber ohne dich bin ich nicht glücklich und ich hoffe, dass du auch mit mir glücklicher bist."

„Ja, das bin ich."

Björn zieht sie an sich und küsst sie.

„Lass uns jetzt deine Sachen packen und dann hauen wir hier ab."

Cindy lacht und gleichzeitig muss sie weinen.

„Ich habe doch gar nichts hier, du Doofmann."

Björn schreibt ihre Größen auf und fährt in ein Bekleidungsgeschäft in der Nähe des Krankenhauses. Nach nicht mal dreißig Minuten ist er wieder da.

Er kommt in das Patientenzimmer, doch von Cindy ist nichts mehr zu sehen, das Bett ist gemacht und ihre paar Habseligkeiten sind verschwunden. Er ist starr vor Angst.

„Nein, bitte nicht, bitte lass sie nicht zu dem gegangen sein!"

Er rennt aus dem Zimmer zum Schwesternzimmer, die Angst ist ihm ins Gesicht geschrieben, sein Herz bebt und plötzlich, als er sich dem Schwesternzimmer nähert, trifft es ihn wie einen Schlag. Er hört Cindys weiche Stimme. Sie kommt grade aus dem Schwesternzimmer heraus. Sie sieht, wie Björn stehenbleibt.

„Björn, das ging aber schnell. Ich habe mich grade von den lieben Krankenschwestern verabschiedet und das Zimmer wurde schon fertiggemacht, da bin ich einfach schonmal rausgegangen.

„Ich bin vor Angst um dich fast gestorben, als ich dich nirgends gesehen habe."

Er kann sich kaum beruhigen und seine untere Lippe zittert, auch seine Augen werden feucht. Cindy nimmt ihn in ihre Arme. „Es ist alles gut, ich bin da."

Björn genießt ihre Nähe und nimmt auch sie in seine Arme. Er wischt sich seine Tränen aus den Augen und sagt so selbstsicher er es in diesem Moment kann: „So, nun lass uns aufbrechen in unser gemeinsames Leben."

Björn und Cindy fahren mit dem Fahrstuhl in die Tiefgarage und gehen auf sein Auto zu. Jedes noch so kleine Geräusch macht den beiden Angst. Cindy merkt, wie fertig ihn das jetzt schon macht.

„Bist du dir sicher, dass du dieses Leben mit mir führen möchtest, bist du wirklich bereit in ständiger Angst zu leben? Ich bin dir nicht böse, wenn du dich jetzt noch umentscheidest, ich komme irgendwie auch allein klar, das habe ich bis jetzt immer irgendwie geschafft!" „Ab jetzt schaffen wir es gemeinsam, steig ein und glaub mir, wenn ich dir sage, ich bleibe ab jetzt bei dir."

Sie steigt ein und ohne es ihm zu sagen, freut sie sich über seine Worte, doch sie weiß, dass die beiden in Gefahr sind, in großer Gefahr.

Sie kommen schon nach zehn Minuten Autofahrt beim Haus von Björn an. Cindy staunt und kann sich die Frage nicht verkneifen.

„Verdient man als Sanitäter im Rettungsdienst so viel Geld, dass man sich ein so großes Haus mit einem elektrischen Tor usw. leisten kann?"

Björn muss lachen: „Nein, absolut nicht, wenn es nach meinem Gehalt ginge, würde ich wohl in einer Zweizimmerwohnung vor mich hinvegetieren. Das Haus und das Grundstück habe ich von meiner Oma geerbt und mit meinem Gehalt war schon die Steuer dafür nicht einfach aufzubringen. Aber jetzt nach drei Jahren Ratenzahlung gehört es mir."

Er parkt in der Garage und die beiden gehen ins Haus. Björn zeigt als erstes, wie die Alarmanlage funktioniert.

„Hier, das ist ganz einfach, du machst diese Klappe hoch …"

Er erklärt ihr alles, aber Cindy hört seine Worte nur gedämpft, sie schaut ihn verliebt und lächelnd an. Aber die Angst, dass ihm ihretwegen etwas zustoßen kann, wird immer größer und unerträglicher.

KAPITEL 9

DAS UNHEIL WIRD KOMMEN

Am anderen Ende der Stadt.

„Hol mir diese Flachpfeifen ins Büro!", schnauzt Boris seine Assistentin an.

Sofort springt sie auf und sucht nach Luis. Sie findet ihn im Lager bei den Laderampen.

„Luis, hey, Luis!"

Er schaut auf und sieht, wie Sina auf ihn zugelaufen kommt.

„Was ist?"

„Boris will, dass du mit den Jungs in sein Büro kommst und glaub mir, jede Minute, die er länger warten muss, wird seine Laune schlechter!"

„Okay, ich beeile mich."

Sina geht ohne Umwege zu Boris zurück und berichtet ihm, dass die Jungs gleich da sind.

„EY LEUTE BORRRRRIS WILLLLLLL DAS WIIIRRRR INS BÜROOOOO KOMMEEE-ENNNN, MACHT HINNEEEE!", schreit Luis durchs Lager.

Keine fünf Minuten später steht Luis mit sieben Kerlen im Büro von Boris.

„Cheeefffee wa wa wasss können wiir fü fü für dich tunnn?“

„Du könntest dich endlich mit deinem Gestotter selbst im See ersaufen, das würde mir helfen. Aber erstmal will ich, dass ihr die Nutte Cindy ausfindig macht und es sind mir alle Mittel Recht!“

Luis will gerade wieder das Reden übernehmen, da kommt ihm einer der anderen zuvor.

„Wie sieht die Bezahlung aus?“

Ohne eine Antwort auf die Frage geht ein lauter Knall durch den Raum und der noch eben fragende Typ fällt mit seinem Körper wie ein nasser Sack Kartoffeln in sich zusammen und bleibt regungslos am Boden liegen.

Ein Blutfleck, welcher immer größer wird, tränkt den Boden. Boris steckt die eben abgefeuerte Pistole wieder in seine Jacke.

„Hat noch jemand von euch eine Frage, die ihm so sehr zu Herzen geht, dass er sie unbedingt stellen muss?“

„Nein Chef“, kommt ohne stottern von Luis, welcher noch immer zu dem am Boden liegenden schaut.

„Räum dieses faule Drecksschwein hier weg und mach sauber, danach schaff mir Cindy her!“

„Ja Boss.

Sofort macht er sich an die Arbeit. Zwei der anderen tragen den gerade an Bleiüberschuss verstorbenen aus Boris Büro. Luis kniet am Boden und schrubbt und wischt das noch warme Blut auf.

„Mach das ordentlich, bei dem letzten hat das Blut angefangen zu gammeln, daher nimm eine Zahnbürste für die Rillen.

„Jaa Ccheefff.“

Boris schlägt wie ein Berserker auf Luis Gesicht ein. „Ich kann dein scheiß Gestottere nicht mehr hören, du Unfall der Natur!“

Luis fliegt von der Wucht des Schlages auf den Boden. Boris stürzt auf ihn und verprügelt ihn ganze zehn Minuten lang.

Luis setzt sich kein bisschen zur Wehr, er versucht nur schützend seine Arme vor sein Gesicht zu halten, doch Boris reißt diese immer wieder zur Seite und so trifft jeder Schlag mit voller Härte in das Gesicht. Seine Augen sind schon blutunterlaufen und fasst zugeschwollen. Er schmeckt sein Blut, während es wie ein Wasserfall seinen Rachen herunterläuft.

„Bitte, hör auf, bitte!“, hört man ein Wehklagen. Boris spuckt ihm ins Gesicht.

„Siehst du, geht auch ohne Stottern“, kommt erschöpft von Boris. Er steht auf und geht zu seinem Schreibtisch, während er sein Hemd und seine Anzugweste wieder richtet.

„Geh nun und hol mir diese Hure her, wenn du versagst, bist du tot."

Luis versucht aufzustehen, doch die Stiche der gebrochenen Rippen, machen es ihm sehr schwer. Er weiß, er muss aufstehen. Als er antworten will, kommt kein Wort durch seine geschwollenen Lippen. Er verlässt das Büro und bricht auf dem Flur direkt wieder in sich zusammen. Boris Sekretärin springt von ihrem Bürostuhl auf und läuft zu Luis.

„Oh mein Gott, was ist mit dir passiert? Komm, ich helfe dir."

Gerade, als sie seinen Arm um sich gelegt hat und mit ihm aufstehen will, stöhnt Luis auf.

Sie schreit, als sie die Spitze eines Dolches aus seiner Brust kommen sieht. Boris steht hinter Luis und hält noch den langen Dolch fest, den er aus seinem Gehstock herausgezogen hat und mit dem er ihn hinterrücks erstochen hat. Er geht nah an Luis heran und flüstert in sein Ohr.

„Du bist zu schwach, damit hast du dir das Recht zu Leben verwirkt, ich hoffe, du landest in der Hölle, du unnützer Hundehaufen!"

Dann zieht Boris sein Schwert aus Luis Körper. Dieser fällt sofort zu Boden, seine Augen weit aufgerissen, schaut er Boris an.

Das Blut läuft ihm aus seinem Mund und ein letztes Röcheln lässt ihn an seinem Blut ersticken. „Widerlich."

Mit diesen Worten dreht Boris sich zu seiner Sekretärin, diese ist kreidebleich im Gesicht und wimmert während sie, am ganzen Körper zitternd, an ihrem Schreibtisch sitzt. Er beugt sich direkt vor sie auf die Schreibtischplatte.

„Jetzt zu dir, du Fickunfall, wenn du dich noch einmal auf irgendeine Weise einmischst, wird dir dasselbe passieren, haben wir uns verstanden?"

Das Wimmern, das sie einfach nicht zurückhalten kann wird lauter. Sie merkt, dass sie sich gerade vor Angst einpinkelt, doch er scheint es nicht zu merken. Ihre einzige Antwortmöglichkeit, die sie gerade noch hervorbringen kann, ist ein Nicken. Sie sitzt wie ein eingepisster Wackeldackel vor Boris und nickt.

„Gut, dann haben wir uns verstanden, deine einzige Aufgabe ist es, meine Termine zu planen und gut auszusehen, manchmal die Arbeit unterm Schreibtisch, aber da hast ja das Maul voll."

Hämisch lachend richtet er sich wieder zu seiner ganzen Größe auf und nimmt seine Riesenhände von der Schreibtischplatte herunter. Als er sich umdreht und so signalisiert, dass er in sein Büro gehen will, wird sie schon ein wenig ruhiger.

Plötzlich knallt es und ein stechender und dumpfer Schmerz geht durch ihren Kopf. Durch die unerwartete Ohrfeige wird ihr sofort schwarz vor Augen und sie donnert, bereits ohnmächtig, mit ihrem Kopf auf die Tischplatte. Danach rutscht ihr Körper vom Stuhl und sie liegt bewusstlos am Boden. Boris sieht, dass sie sich eingepisst hat.

„Was für eine ekelhafte Dreckshure."

Nach wenigen Sekunden kommt sie wieder zu sich und wendet alle Kraft auf, um zu ihrem Schreibtisch zurück zu kriechen. Vergebens, denn Boris legt sich über sie, schiebt ihren Minirock nach oben und den Slip zur Seite. Sie beginnt wild um sich zu schlagen, doch ohne Mühe versetzt er ihr einen weiteren Schlag ins Gesicht, wodurch sie wieder ohnmächtig wird. Angestachelt von dem sich bietenden Anblick, beginnt er, ihren schlaffen Körper neben Luis Leiche zu vergewaltigen. Auch, dass die toten weit geöffneten Augen ihn bei dieser Tat anschauen, stört ihn nicht, im Gegenteil, es macht ihn noch geiler. Nach seinem Orgasmus steht er auf und lässt beide am Boden zurück. Er geht in sein Büro als sei nichts passiert.

Jetzt sind schon sieben Tage vergangen und Cindy wird von Tag zu Tag ruhiger.

Sie denkt kaum noch an Boris, viel zu schön ist die Zeit und das Leben mit Björn. Beide sitzen auf dem Sofa und schauen einen Film.

„Du schaust ja gar nicht zum Fernseher, habe ich was im Gesicht?"

Dabei reibt er mit seiner Handfläche an seinem Mund herum. Cindy lacht ihn an und nimmt seine Hand, sie küsst diese und er muss auch lächeln. „Björn, du ermöglichst mir ein Leben, welches ich mir niemals hätte vorstellen können. Mein ganzes Leben bestand bis jetzt nur aus Angst, Perversion und Schmerz."

Björn hat die letzten Tage auch so sehr genossen, dass er über das, was war, nicht mehr nachgedacht hatte.

„Mir hat mein ganzes Leben immer etwas gefehlt und das warst du, jetzt ist alles perfekt.

„Lass uns ins Bett gehen."

Björn schaut auf die Uhr.

„Es ist doch erst 19:00 Uhr."

Cindy steht auf und stellt sich vor ihn.

Sie lässt ihre Bluse von ihrer Haut herunterrutschen. Björn schaut auf ihre nackten Brüste.

„Willst du immer noch den Film zu Ende schauen, oder kommst du mit?"

Cindy hat gerade die Frage beendet, da hat Björn sie schon auf seinen Armen.

Er trägt sie auf seinen Händen ins Schlafzimmer. Sachte und vorsichtig legt er sie auf das Bett, als sei sie aus Porzellan. Umschlungen küssen die beiden sich und Cindy streift Björn dabei seine Hose vom Körper.

Ihr wird warm und ihr Herz pocht, als er sie liebevoll anblickt. Er schiebt langsam seinen steifen Schwanz in ihre Scheide hinein, Cindy schließt die Augen und genießt den Moment. Er stöhnt auf und Cindy wird immer wärmer. Er stöhnt wieder, eine warme Flüssigkeit läuft auf ihren Körper, sie öffnet ihre Augen, er schaut sie mit weit aufgerissenen Augen an.

Mit seinem letzten Atemzug keucht er die Worte: „Ich liebe dich."

Blut quillt bei den Worten aus seinem Mund heraus, dann fällt sein Oberkörper auf sie herunter. Die Männer in schwarzen Anzügen stehen hinter seinem leblosen Körper, einer der Männer hält das Messer mit dem Blut von Björn noch in seiner Hand, er wischt die blutverschmierte Klinge an Björns totem Körper ab.

Cindy nimmt Björns Kopf und hält ihn ein wenig hoch. Sie sieht, dass sein Hals aufgeschnitten ist. Sein Blut läuft unaufhaltsam auf Cindys Brust. Die zwei anderen Männer ziehen seine Leiche von ihrem Körper.

„Los geh und wasch dich, so können wir dich nicht zum Boss bringen.“

Sie weint und zittert am ganzen Körper. Aus dem Schock heraus, kann sie sich nicht bewegen. Sofort wird sie an ihren Haaren über den Boden zum Badezimmer gezogen. Sie wehrt sich mit Händen und Füßen. Er bleibt stehen und beugt sich zu ihr herunter

„Du hast nicht wirklich gedacht, dass du hier auf Dauer heile Welt spielen kannst, oder? Wenn man einmal im Sumpf war, holt er einen immer wieder zurück. Morgen um diese Uhrzeit liegt wieder ein fetter alter Kerl auf dir und fickt dich für viel Geld durch. Das ist dein Leben und das wird dein Leben bleiben, solange du lebst. Jeder Mensch, den du in dein Leben holst, wird sterben und du wirst die Schuld daran tragen.“

Er packt sie wieder an ihren langen Haaren und schleift sie weiter zum Bad. Sie steht auf und geht in die Dusche. Er bleibt davor stehen.

„Weißt du, zu gern würden wir dich jetzt schön hart durchficken, aber man hat uns verboten dich zu benutzen.“ Während er das sagt, schaut er Cindy beim Duschen zu, dabei hat er seinen Schwanz in der Hand und holt sich einen runter.

Cindy dreht sich von ihm weg.

„Mach ruhig, mir reicht auch der Blick auf deinen Arsch."

Dabei stöhnt er auf und sein Sperma spritzt aus seinem Schwanz heraus.

„Werde fertig, Boris wartet nicht gern auf seine Ware!"

Cindy kann nur an Björn denken, dass sie es ihm doch gesagt hatte, dass sie und ihr Leben gefährlich seien.

„Ich kann ihn doch nicht so hier liegen lassen."

„Ist mir egal, was mit deinem Stecher passiert, aber wenn wir jetzt nicht zu Boris fahren, wird er uns alle kalt machen."

Sie darf noch ein paar Sachen einpacken und dann wird sie mit einem Sack über ihrem Kopf in ihr neues Leben gefahren. Sie weint unaufhörlich und beruhigen kann und will sie sich nicht.

Der Bulli kommt zum Stehen. Hände packen und schleifen sie aus dem Wagen.

„Los, du Hure, lauf jetzt!"

„Ich bin wieder eine Hure, das ist mein Leben und ich kann das nicht mehr, ich will das auch nicht mehr!", sind die Worte in ihren Gedanken, die immer stärker werden, immer lauter und nicht mehr zu überhören sind. Ein Stoß und sie fällt zu Boden. Der Sack wird von ihrem Kopf gerissen.

Die ihr so vertraute tiefe Stimme ist zu hören.

„Du hast mir wirklich Probleme gemacht! Sehr viele Freier haben bezahlt aber noch nichts dafür bekommen, du wirst die nächsten Tage Doppelschichten machen. Dein Loch wird zwölf Stunden täglich arbeiten.“

„Boris, eins verspreche ich dir, ich werde dich töten!“

Fortsetzung folgt …

Ausgegrenzt
Mobbing aus verschiedenen Perspektiven
CARSTEN BURKHARDT
BURKHARDT
Books

AUSGEGRENZT
MOBBING AUS VERSCHIEDENEN PERSPEKTIVEN

VON CARSTEN BURKHARDT

Linda, ein 15-jähriges Mädchen und Mobbingopfer, macht eine schwere Zeit durch. Täglich ist sie einer Tortur aus physischer und psychischer Gewalt ausgesetzt. Dieses Buch ist ein Blick hinter die Kulissen der einzelnen Charaktere und wirft grundlegende Fragen auf. Hätte Linda eine bessere Schulzeit, wenn die Täter ein anderes Leben hätten? Wie bekämpft man Mobbing an Schulen, wenn jene, welche die Macht haben etwas dagegen zu tun, wegsehen? Wer kann den Schweigenden die Angst und Scham nehmen, an die Öffentlichkeit zu treten? Diese Geschichte ist fiktiv, aber für viele Kinder und Jugendliche ist sie bittere Realität. Gespräche mit Opfern, Eltern und Betreuern, sowie das Studieren diverser Beiträge und Erfahrungsberichte waren die Motivation für dieses Buch. Inklusive einmonatiges Mobbingtagebuch am Ende des Buches.